DAVID GOODIS

Epaves

Traduit de l'américain
par Michel Lebrun

marabout

bibliothèque marabout

Titre original : *Street of the lost.*

Les collections **marabout** sont éditées par la S.A. Les Nouvelles Éditions Marabout, 65, rue de Limbourg, B-4800 Verviers (Belgique). — Le label **marabout,** les titres des collections et la présentation des volumes sont déposés conformément à la loi. — Distributeurs en **France :** HACHETTE s.a., Avenue Gutenberg. Z.A. de Coignières-Maurepas, 78310 Maurepas, B.P. 154 — pour le **Canada et les États-Unis :** A.D.P. Inc. 955, rue Amherst, Montréal 132, P.Q. Canada — en **Suisse :** Office du Livre, 101, route de Villars, 1701 Fribourg.

– I –

Elle gisait sur le dos, dans le ruisseau de Ruxton Street, à dix heures dix, la petite Chinoise. Ouvrant les yeux, elle regarda la lune rousse; elle voyait cinq lunes, de couleur lavande, qui tournoyaient dans le ciel comme des ballons de baudruche. La jeune fille tenta de se lever, retomba en arrière et gémit. Elle éprouvait une douleur violente au bras gauche, et se demanda s'il était cassé. Puis elle sentit une douleur différente, ferma les yeux et se mordit violemment la lèvre. Elle se prit à espérer qu'elle agonisait et serait bientôt morte.

Alors elle entendit les pas qui s'approchaient, rouvrit les yeux et vit l'homme. Il ne l'avait pas encore remarquée. Il marchait tête baissée, suivant le trottoir à grandes enjambées lentes, lasses. La jeune fille prit appui sur ses coudes. Son mouvement attira l'attention de l'homme, qui fronça légèrement les sourcils. Il prit alors un air renfrogné, comme s'il pensait : encore une de ces soulardes, bien fait pour elle !

Elle comprit qu'il n'avait nulle intention de la secourir. Il allait la dépasser, toujours hostile. Stupidement, elle grimaça un sourire à son adresse, lui lançant un message muet : vous avez raison, laissez-moi mourir ici, laissez-moi mourir...

L'homme s'arrêta. Il se retourna sur elle, puis revint sur ses pas. Elle remarqua qu'il portait une cotte d'ouvrier, que son visage était maculé de cambouis. Assez grand, il semblait avoir une trentaine d'années. Ses cheveux d'un blond très clair, touffus et brillants, s'ébouriffaient en mèches rebelles. Ses yeux étaient gris, et entre les taches de cambouis, son visage semblait rouge. La jeune Chinoise vit aussi qu'il portait à la main un casque de soudeur à visière mobile.

Il l'examinait d'en haut, sans un geste pour l'aider. Il demanda enfin :

– Qu'est-ce qui s'est passé ?

– On m'a attaquée.

L'homme se pencha un peu pour regarder de plus près son visage. Il vit qu'elle n'était pas ivre. Il se dit : ce n'est pas une clocharde.

Il la saisit par les bras et entreprit de la redresser. Elle grimaça, se mordant à nouveau la lèvre. Il remarqua qu'elle soutenait son bras gauche.

– Il est cassé ? demanda-t-il.

Elle examinait son bras. Elle le palpait d'une façon quasi-professionnelle et il remarqua alors ses bas et ses souliers blancs. Elle portait une jupe bleu marine et une blouse blanche.

– Non. Simplement contusionné.

Elle relevait sa manche et il vit l'hématome violet au-dessus du coude.

Il l'aida à traverser la chaussée, et elle se laissa tomber sur une marche de bois devant une porte et se mit à pleurer. Elle pleurait en silence, se couvrant les yeux de ses mains, et il vit des larmes glisser entre ses doigts... Ses épaules ne tressaillaient pas et l'homme jugea cette attitude empreinte d'orgueil et de dignité. Elle ravalait ses larmes, faisant un gros effort pour se contrôler.

Chester Lawrence se détourna d'elle, pensant : la meilleure chose à faire est de m'en aller, et la laisser récupérer tranquillement. Il s'apprêta à s'éloigner, puis revint soudain et demanda :

– Vous habitez dans le coin ?

Elle inclina la tête. Il dit :

– Moi aussi.

Puis, fronçant les sourcils :

– Comment se fait-il que je ne vous aie jamais vue ?

La jeune Chinoise avait pris un mouchoir, s'essuyait les yeux.

– Je ne suis ici que depuis une semaine.

– Où logez-vous ?

– Chez mon oncle. Le blanchisseur. Vous le connaissez ?

Pliant le mouchoir, elle le rangea dans une poche de sa jupe.

– Bien sûr, fit Lawrence.

Soulevant un rabat de sa salopette, il prit un paquet de cigarettes. Il lui en offrit une, mais elle le remercia : elle ne fumait pas. Il alluma la sienne, et demanda :

– Comment ça va maintenant ?

Elle ébaucha un sourire :

– Je vais me reposer ici un moment.

– Vous voulez que j'aille chercher votre oncle ?

– Non, je vous en prie. Il n'a pas besoin de savoir...

– Vous devriez peut-être voir un docteur.

Elle secoua la tête.

– Ça va se passer. C'est surtout le choc. Je sens que ça va mieux.

Lawrence tira une longue bouffée de sa cigarette.

– Laissez-moi vous raccompagner chez vous.

– Non, dit-elle. Mon oncle travaille tard. Je veux rentrer seule.

– Alors, rentrez par derrière, vous êtes toute sale. Regardez votre jupe.

Elle examina ses vêtements, froissés et souillés de la boue du ruisseau, de la crasse de la ruelle où l'autre homme l'avait entraînée. Elle sentait encore le contact de sa main en travers de sa bouche, elle entendait encore le rire étouffé, chevrotant, la voix mielleuse murmurant : « Allons, sois gentille maintenant, sois gentille. »

Alors elle regarda Lawrence, son attitude gauche, embarrassée, et dit :

– Je n'ai plus besoin de vous, maintenant. Vous avez été très gentil, je vous remercie.

Lawrence ne répliqua pas. De nouveau, il tourna les talons. Puis il commença à marcher. Il pensait : continue, ne t'arrête pas.

Il hâta le pas. Il dépassa une ruelle dans laquelle, pas plus tard que le mois dernier, il avait vu un type se faire tabasser à mort sans qu'il fasse un geste pour intervenir. Il dépassa un terrain vague, théâtre d'innombrables émeutes et bagarres dans lesquelles son rôle avait toujours été celui de spectateur, rien d'autre. Cette rue s'imbibait de sang humain presque chaque nuit, et depuis très longtemps il avait décidé que ce sang ne serait jamais le sien. Il avait quinze ans, à l'époque, et avait tenté d'interrompre un combat entre un Suédois et un Grec. Ils avaient atteint le stade du couteau, et tous deux l'avaient tailladé. L'estomac transpercé, il s'était offert trois mois d'hôpital. Étendu sur le dos, il avait déterminé sa politique de stricte neutralité quant aux affaires de la rue. Il s'était juré que cette saloperie de rue pourrie ne le toucherait plus jamais. Ce n'était pas seulement parce que ses pansements le démangeaient et que son estomac brûlait. Cela avait en réalité fort peu de chose à voir. Il n'en voulait même pas aux joueurs de couteau. Son ennemi, c'était la Rue.

Pour lui, la rue ressemblait à ces énormes serpents du zoo : elle dévorait tous ceux qui la touchaient.

La Rue ressemblait vraiment à un serpent. Sa tête débutait aux entrepôts de marchandises, passé la Huitième, puis le corps ondulait, traversant la Septième, se tordait encore à l'est de la Sixième. Puis le serpent demeurait rectiligne le long de deux pâtés de maisons, puis se recourbait à nouveau; enfin sa queue s'achevait par l'impasse contre le mur d'un entrepôt.

De plus, elle luisait et brillait comme un reptile. Le pavé de Ruxton Street était toujours humide de crachats, de pus, d'urine, de vin répandu, de whisky et de déjections diverses. Les ruisseaux charriaient en permanence des eaux grasses.

La Rue était constituée de cabanes en bois et d'immeubles délabrés. De fenêtres brisées et de portes disjointes. De trois salles de billard, quatre estaminets et d'innombrables bouges où l'on vendait de l'alcool de contrebande et où l'on jouait à toutes sortes de jeux d'argent. Mais il était demeuré fidèle à ses engagements, et avait réussi à demeurer en dehors de toute cette fange. Il s'était même tenu à l'écart des clapiers où des femmes de tous âges se vendaient moins cher que partout ailleurs dans la ville. Il avait su garder ses distances et se forçait à regarder ailleurs quand elles frappaient à leurs fenêtres ou le hélaient doucement depuis les porches obscurs.

Il avait profondément imprimé dans son esprit que la Rue ne réussirait jamais à le corrompre. Mais tout aussi profondément, il avait conscience qu'il ne pourrait jamais s'en évader. Il était comme un funambule avançant sur une corde sans fin tendue au-dessus de l'énorme serpent qui le guettait en bas, attendant qu'il tombe. Il avait bien souvent essayé de quitter la corde raide, de s'éloigner de la Rue, mais toujours quelque chose l'avait retenu. Et des voix lui disaient toujours : tu es englué ici, mon vieux, tu es piégé, tu as trop de responsabilités.

Car toujours, quelqu'un dépendait de lui. D'abord, il y avait eu sa mère veuve. Ensuite une sœur infirme. Quand elles étaient mortes, il lui avait semblé un moment pouvoir se libérer. Mais avant d'avoir compris ce qui lui arrivait, il s'était retrouvé marié à la gamine maigre qui habitait à trois maisons de chez lui, à l'entresol.

Depuis lors, c'est là qu'il vivait. Avec un fardeau plutôt qu'une épouse. Avec une belle-famille de trois personnes à sa charge. Six nuits par semaine, il soudait des rails de chemin de fer, ne rentrant chez lui épuisé que pour les trouver tous vautrés, les yeux injectés d'avoir bu sa paye. Certains jours, il souhaitait avoir un marteau de forgeron. Il sentait qu'un beau soir, il rentrerait vraiment avec un marteau de forgeron, une hache ou un outil quelconque, et écraserait cette bande de déchets.

Il descendait la Rue. Il traversa une ruelle, une autre ruelle, traversa la Sixième, puis la Cinquième, parcourut à moitié le bloc d'immeubles de trois étages et parvint à l'escalier affaissé sur lequel Edna, sa femme semblait attendre.

Elle était assise, une cigarette à la bouche, une bouteille vide de soda sur les genoux. Un de ses bas plissait sur sa jambe maigre. Sa robe remontait à mi-corps, laissant entrevoir sa chair. C'était une petite femme osseuse de vingt-neuf ans, paraissant davantage, bien davantage. Et qui ne cherchait pas à s'arranger, même en se maquillant. Aucune trace de couleur ne rehaussait son visage pincé.

Elle regardait Lawrence. Lui ne la voyait pas. Il voyait une fenêtre brisée et entendait le bruit d'une dispute provenant de l'entresol sur rue. Il demanda :

– Qui a cassé les vitres ?

– Mon frère.

– Un de ces jours, je lui casserai la gueule.

Il commença à gravir les marches. Edna s'accrocha à sa manche.

– Fais-moi plaisir, ne t'en mêle pas. Ne t'en mêle pas !

– Pourquoi ? Ecoute-les un peu, ils font trembler les murs !

– Reste ici, Chet, assieds-toi avec moi.

Il s'assit auprès d'elle. Elle posa une main sur sa cuisse. Il ne s'en aperçut pas. Elle demanda :

– Tu es fatigué ?

– Mort.

– Tu as faim ?
– Ça peut attendre.
– Chet, tu as dix dollars sur toi ?
Il se tourna vers elle :
– Pourquoi ?
– Mon père doit payer une amende.
Le visage de Chester se durcit.
– Qu'est-ce qu'il a encore fabriqué ?
– On l'a pincé à jouer aux dés dans la Troisième Rue.
– Où est-il à présent ? Bouclé ?
Elle fit oui de la tête.
– Parfait, dit Lawrence.
– Chet, je t'en prie.
– Non, qu'il aille au diable.
– Chet, c'est un vieillard...
– Il est plus jeune que moi. Il se conduit comme un môme de douze ans !
– Il a soixante-treize ans, déclara Edna.
– Ce sont les meilleurs qui s'en vont. Lui vivra jusqu'à mille ans !
Edna ôta la cigarette de sa bouche. Elle l'examina, puis en tira une longue bouffée. Ses lèvres tremblaient. Elle dit :
– Ce n'est pas grand'chose. Seulement dix dollars.
– C'est toujours seulement dix dollars. Ou cinq. Ou quinze... Bon Dieu, c'est toujours la même chose ! Il ne peut jamais se tenir tranquille !
Elle ne répondit pas. Il reprit :
– Et toi ! Ce qui me fout en rogne, c'est que tu as l'air de t'en moquer !
Elle haussa les épaules, le regard morne.
– Qu'est-ce que je peux y faire ?

– Tu pourrais lui parler.

Il ajouta, désignant du pouce derrière lui les carreaux cassés :

– Eux aussi, tu pourrais leur parler.

– J'ai parlé, et j'ai parlé, et j'ai parlé. A quoi ça sert ?

Il n'y avait pas à répondre. La main de sa femme étreignait plus fort son genou, mais il ne le sentait toujours pas. Il n'avait rien dans la tête, sinon un courant d'eau glaciale qui chassait très loin les tiédeurs d'avril. Quelle que fût l'époque de l'année, il éprouvait les grisailles de décembre chaque fois qu'il s'asseyait ici sur le seuil avec Edna. C'était toujours la même sensation de poids angoissant sur la poitrine, une boule poisseuse au fond de la gorge, des points gris devant les yeux... Certaines nuits cela devenait si intolérable qu'il aurait pu se jeter à genoux sur le sol et donner des coups de poings sur le béton.

Cette sensation se composait de sombres souvenirs et de regrets lancinants. Elle remontait à neuf ans, au jour où il était tombé dans ce gâchis, le jour où il l'avait épousée. Il parvenait généralement à conserver ce souvenir dans le flou, sans détails, sans scènes précises. Mais à présent, sans savoir pourquoi, il se remémorait les moindres événements menant au mariage, puis le mariage lui-même, puis à nouveau les raisons, puis encore le mariage. C'était infernal, comme de revivre son propre enterrement...

Il entendit Edna demander :

– Qu'est-ce que tu as, Chet ?

– Rien, je réfléchissais.

– A quoi ?

Il aurait voulu dire : à toi et moi. Mais il ne dit rien.

– Tu as l'air tellement déprimé ! dit Edna.

Lawrence soupira profondément.

– Je suis seulement crevé, voilà tout.

Il pensait : crevé est un mot bien faible, mon vieux. Il songea que cela durait depuis neuf ans, bientôt dix. Et cela continuerait de la sorte, de dix ans en dix ans. En cela résidait une étrange consolation, l'addition des années signifiant qu'un jour enfin il serait un vieil homme et que plus rien n'aurait d'importance. En-dedans, il eut un sourire amer. C'était une façon sacrément agréable d'envisager l'existence. Rester assis là, à trente-quatre ans, et souhaiter en avoir quatre-vingt-dix. Alors il pensa : vraiment, c'est une sorte de suicide, voilà ce que c'est.

La voix d'Edna lui parvint :

– Tu veux faire un tour ?

– Où ça ?

– N'importe où. Allons nous promener.

Il la regarda. C'était une brave fille. Elle faisait de son mieux avec ce qu'elle avait. Parfois même il l'aimait. Pas de sa faute si elle était bâtie comme un manche à balai. Et ses trois fausses couches. Ça non plus, ce n'était pas de sa faute. Peut-être même que cela valait mieux. Tous les enfants nés dans la Rue étaient des malheureux.

– D'accord.

Il s'arracha à sa marche d'escalier.

– Allons chez Sam. Je mangerai un morceau là-bas.

– Il y a ce qu'il faut chez nous.

– Non, je mangerai chez Sam.

Ils se mirent à marcher très lentement, se dirigeant vers l'enseigne lumineuse du bistrot de nuit. Elle plaça sa main dans la sienne; il sentit ses doigts minces dépourvus de chaleur. Il croyait tenir un gant bourré de coton. Marcher avec elle, c'était comme emmener un enfant perdu quelque part, n'importe où, rien que pour ne pas le laisser seul, égaré et sans défense.

Et il crut entendre la voix d'outre-tombe de sa mère, disant : « Regarde-la, Chester, c'est une gentille fille, si douce, si calme, pourquoi ne l'emmènes-tu pas en promenade ? »

Sa mère lui glissait une pièce dans la main. Pour acheter deux cornets de glace.

Alors il était sorti, à onze ans, et avait demandé à la gamine de six ans : « Tu viens te promener avec moi ? »

Elle l'avait adoré aussitôt : « Oh, oui ! Oh, oui ! » avait-elle lancé, criant presque.

Ils avaient marché jusqu'à la confiserie et il avait acheté les cornets. Puis était venu un autre printemps et sa mère lui avait donné un dollar, et il avait emmené Edna Blake au cirque. Puis il y avait eu le long tunnel des années au long desquelles il se demandait comment étaient faites les petites filles, et où Edna restait assise toute seule devant sa porte tandis qu'il courait de Tillie à Bertha et de Greta à Hélène, puis montait dans la chambre de passe où une femme à la peau noire lui avait demandé cinquante cents et lui avait dit qu'il était un garçon exceptionnel et qu'un jour il ferait un mari merveilleux. Ensuite, il y avait eu d'autres années, d'autres encore, il avait vingt-cinq ans dans l'Aéro-Navale, mitrailleur sur un bombardier Ventura. Revenant en permission et retrouvant Edna Blake assise toute seule devant sa porte. C'était un samedi soir et il lui avait demandé ce qu'elle faisait. Elle avait dit qu'elle n'avait rien à faire. Elle avait dit qu'elle était désolée que sa sœur soit morte; il avait répliqué que oui, c'était triste mais qu'on ne pouvait rien y faire, que de toute façon Carol avait trop longtemps souffert, et qu'elle était peut-être plus heureuse ainsi. Edna avait dit : « Oui, c'est une façon de voir les choses » et il lui avait demandé si elle avait envie d'aller se promener.

Ses yeux avaient dit : Oh, merci, mon Dieu.

Alors ils descendaient la Rue jusqu'à la confiserie et il achetait deux sodas au citron. Puis ils remontaient toute la Rue jusqu'aux quais de marchandises. Il disait qu'il voulait regarder les trains. Comme elle lui demandait pourquoi, il répliquait qu'il en était venu à détester les avions et avait juste envie de regarder les trains. Alors ils marchaient le long des voies, et il contemplait les trains. Mais là où ils se trouvaient il y avait clair de lune. En tournant la tête, en regardant Edna à la dérobée, il avait vu la façon dont elle le regardait. Il avait vu ses cheveux flotter doucement dans la brise d'avril, ses yeux brillants, de sorte que tout à coup elle était jolie. Quand il l'entoura de ses bras, elle s'accrocha à lui. L'espace d'un instant, il évoqua les filles des îles et se dit que celle-ci était beaucoup trop maigre. Mais la pression de son jeune corps se faisait impétueuse, disant : désire-moi, Chet, désire-moi, je t'en prie, aie envie de moi ! Et la lune rousse dit : bien sûr, que tu la désires.

Pour cette nuit, de toute façon.

Ils étaient revenus de la gare de marchandises,

au long de Ruxton Street. Ils montèrent à l'entresol sur rue. Il voulait savoir si son père et son frère étaient à la maison. Elle dit que non, puis le regarda bizarrement. Il dit : « Allez, entrons. » Edna secoua la tête. Ses yeux s'étaient agrandis. Il poussa la porte. Elle était ouverte. Edna secouait toujours la tête, tout en entrant. Il la suivit, et le clair de lune les accompagna.

Le clair de lune baignait le divan sur lequel il caressait Edna. Elle dit :

– Non, Chet, non, je t'en prie.

Sa langue se frayait un chemin entre ses dents.

– Non, répéta-t-elle.

Alors il retira sa main. Il se dit de s'éloigner du divan, commença à se lever, mais sentit l'étreinte soudaine de ses bras autour de sa taille, vit le désir ardent dans ses yeux, entendit l'accélération de son souffle.

Tout cela se fondit en un signal destiné à lui faire comprendre qu'elle avait vraiment envie de lui.

Le clair de lune illumina encore plus son visage.

Et il l'entendit murmurer : « C'est la première fois. »

Il tressaillit, se demandant si elle disait la vérité. Pour douce, timide et frêle qu'elle fût, le fait demeurait qu'elle vivait à Ruxton Street. Dans Ruxton Street, aucune fille n'était innocente passé quinze ans, à moins d'avoir été tenue enchaînée dans une cave.

« Je suis vierge » dit-elle avec une sorte d'embarras, presque comme s'il s'agissait d'un aveu honteux, comme si c'était complètement idiot pour une fille de vingt ans d'avoir gardé sa pureté.

Sa sincérité le frappa comme une lame pénétrant profondément en lui, ressortant, s'enfonçant à nouveau. L'imprégnant du fait que ce ne serait pas un plaisir de routine. L'avertissant des conséquences possibles. Comme si le tranchant de la lame était un feu de circulation passant au rouge.

Mais le clair de lune disait, elle y passera tôt ou tard, alors pourquoi pas avec toi ?

Elle l'attira vers elle. Elle poussait de petits gémissements de plaisir. Tout à coup, elle cria plus fort et il comprit qu'il lui faisait mal. Mais quand il voulut cesser, elle l'en empêcha.

Ses bras l'étreignaient comme un étau. Il perdit conscience dans la lueur complice de la lune.

Quand il roula sur le côté, épuisé, il entendit s'ouvrir la porte d'entrée, et sauta sur ses pieds juste à temps pour les voir surgir, les deux alcooliques, le père et le frère aîné.

Il regarda à travers la cuisine la porte de derrière, qui menait à la cour. Il lui suffisait de traverser la cuisine, d'ouvrir cette porte et de se mettre à courir sans regarder derrière lui. Mais il entendit Edna murmurer son nom, et ce fut comme un filet tombant sur lui et le clouant sur place.

Il se tourna vers Edna. Elle s'assit, les yeux fixés sur lui. Puis elle regarda les deux sacs à vin, demeurés plantés à l'autre extrémité de la pièce, bouche bée, se demandant si l'alcool ne leur avait pas envoyé une hallucination.

Le père disait :

– Allume la lumière, qu'on voie se qui se passe là-dedans !

Le frère tâtonna autour du commutateur, finit

par le trouver, dispensant la lumière jaunâtre de trois ampoules au plafond sur Lawrence, épaules affaissées et tête basse, et la jeune fille assise sur le divan.

Lawrence ne bougea pas, dans l'attente d'une grêle de coups. Il regarda les deux arrivants, et ses yeux leur disaient : très bien, allez-y en qu'on en finisse. Quoi que vous me fassiez, je l'ai mérité !

Mais tout ce qu'ils firent fut de cligner des yeux dans la lumière du plafonnier, le frère arborant un rictus hébété et le père graillonnant d'un air inspiré :

– Eh bien alors, qu'est-ce que tu dis de ça ? Elle a fini par le faire !

– Et comment, qu'elle l'a fait ! appuya le frère.

– Pas trop tôt, fit le père. Ça s'arrose ! Ce soir, ma fille est devenue femme. Elle a réussi à se trouver un homme.

Le frère approuva emphatiquement :

– Exactement ce dont elle avait besoin !

Il n'y eut pas d'autre commentaire. Les deux soiffards se dirigèrent vers la porte et quittèrent la maison. Alors Edna commença à rire. Quittant le divan, elle éclata d'un rire sauvage, inextinguible, fou, tout son corps secoué de spasmes nerveux. Lawrence s'agenouilla devant elle, lui serrant les poignets, cherchant à dire quelque chose mais incapable d'extraire un traître mot de sa gorge.

En vérité, il n'avait besoin de rien dire. Les yeux d'Edna faisaient toute la conversation. Ils disaient : tu vois comme ça se passe, Chet ? Personne ne s'intéresse à moi... Tu n'as pas le droit de m'abandonner, Chet. Tu ne peux pas, tu vois bien que j'ai besoin de toi...

Et une voix à l'intérieur de lui disait : tu ne peux pas la laisser tomber. Elle a besoin de toi, maintenant. Tu es obligé de rester avec elle, de rester avec elle, de rester avec elle...

Trois jours plus tard, il se retrouva marié.

Et maintenant, se rappelant le moment où il avait glissé l'alliance à son doigt, il éprouvait encore la terrible tension de cet instant, la sensation d'un lourd fardeau sur ses épaules, d'une chaîne de fer autour de son cou. Il n'avait pas entendu les mots signifiant qu'il était marié, rien que le lugubre claquement d'une porte lui interdisant toute évasion, l'enfermant pour toujours dans Ruxton Street.

– A quoi penses-tu ? demanda Edna.

– A rien, murmura-t-il. A rien.

Leur trajet s'achevait, ils arrivèrent chez Sam. Il ouvrit la porte à Edna et ils pénétrèrent dans le restaurant. Sam s'y trouvait seul, un homme de couleur long et décharné, approchant la soixantaine, coiffé d'une casquette de jockey noire et verte. Il écoutait la chanson que diffusait le jukebox : *Big Daddy, don't you leave this little gal.*

–II–

Le restaurant était exigu. Cinq tabourets suffisaient à garnir le comptoir, trois tables la salle. Sam s'en occupait tout seul, et se plaignait continuellement des bureaux de placement qui promettaient toujours de lui envoyer une serveuse et n'en faisaient jamais rien. Au moment du coup de feu, quand les clients tentaient de faire presser Sam, il leur disait de s'en prendre au bureau de placement.

Sam sortit de derrière le comptoir. Désignant une table, il dit :

– Voilà une bonne table.

– Laquelle ? demanda Lawrence.

– La 3, celle des clients de marque.

– Est-ce que la nourriture y est meilleure ?

Sam prit le temps de réfléchir, puis lança :

– Eh bien, elle est plus près de la cuisine, on est plus vite servi.

Lawrence se sentait un peu mieux. Ça lui donnait toujours un petit coup de fouet de venir ici et de discuter avec Sam. Il aimait beaucoup le vieux et le respectait, car il était l'un des rares habitants de Ruxton Street à se montrer honnête. Pourtant, il souriait rarement à Sam, et Sam ne lui souriait jamais. Pour tout dire, Sam ne souriait jamais à personne.

Edna s'installa à la table 3. Lawrence se dirigea vers le juke-box et glissa une pièce dans la fente. Quand il appuya sur les boutons, il ne regardait même pas les titres des chansons. Il regardait à travers la vitrine, et voyait, de l'autre côté de la rue, la jeune Chinoise. Elle marchait avec une extrême lenteur. Son regard la précédant, il constata qu'elle avait encore la moitié d'un bloc à parcourir avant d'atteindre la blanchisserie. Vu la lenteur avec laquelle elle se déplaçait, il estima qu'il lui faudrait dix bonnes minutes pour arriver chez son oncle. Tandis qu'il l'observait, elle chancela, commença de tomber, tomba d'abord sur un genou, puis sur les deux et resta immobile. Lawrence se dit de sortir et d'aller l'aider. Puis il se dit que ça ne le regardait pas, se détourna de la vitrine pour voir Sam se hâter d'ouvrir la porte et courir au-dehors. Puis il vit Sam traverser la rue en courant et relever la petite Chinoise.

– Qu'est-ce qui se passe dehors ? demanda Edna.

– Rien, murmura-t-il. Reste assise, ce n'est rien.

Sam parlait à la Chinoise. La jeune fille s'appuya un instant contre Sam, puis fit un pas de côté et sembla prendre une profonde aspiration. Remerciant Sam d'un mouvement de tête, elle reprit sa marche solitaire dans la rue. Lawrence regagna la table et s'assit en face d'Edna. Quelques secondes plus tard, Sam rentra et retourna derrière le comptoir. Il semblait en colère et tira sur la visière de sa casquette, l'enfonçant davantage sur sa tête.

– Qu'est-ce que c'était, Sam ? demanda Edna.

Le noir déposa des couverts sur la table et dit :

– Le plat du jour, c'est du jambon braisé aux choux. Soixante cents.

– Qu'est-ce qui s'est passé dehors ? insista Edna.

– Je prendrai le jambon aux choux, dit Lawrence. Double ration de pain et de beurre. Et du café.

Puis, s'adressant à Edna :

– Et pour toi ?

– Rien que du café noir.

Lawrence prit sa serviette et se mit à essuyer une cuillère.

– Pas besoin de faire ça, lui dit Sam. Les couverts sont propres.

Posant la cuillère, Lawrence ramassa le couteau et entreprit de l'essuyer.

– Oh, je t'en prie, fit Edna. Pourquoi l'embêtes-tu tout le temps ?

Sam parla d'un ton rogue :

– Je lave tous les couverts à l'eau bouillante. On respecte l'hygiène dans cet établissement.

– Je le sais bien, dit Edna. Ne t'occupe pas de lui, Sam.

Maintenant, Lawrence astiquait la fourchette, et Sam dit :

– J'essaie de garder cet endroit aussi propre que possible. C'est pas de ma faute si des clodos viennent et salissent tout. J'peux quand même pas laver les clodos !

Edna éclata de rire.

– C'est vrai, ça. Bien envoyé, Sam !

Lawrence remarqua :

– Ces clodos ne peuvent même pas se laver les mains ici. Tu n'as jamais de savon.

Le noir regarda les mains crasseuses du soudeur.

– Du savon n'enlèverait pas ça !

Puis il gronda :

– Chaque fois que j'ai le malheur de mettre du savon, ils me le fauchent ! Une barre de savon, ça coûte cher, alors ils viennent se servir !

Il alla derrière le comptoir, s'accroupit un instant, puis réapparut avec un morceau de savon et une poignée de serviettes en papier. Il fit signe à Lawrence.

Dans le lavabo exigu qui jouxtait la cuisine, Lawrence nettoya son visage et ses mains. Il se dit que Sam avait eu raison au sujet du savon : il ne pouvait ôter tout le cambouis. Il savonna à nouveau ses mains, songea à les laver une troisième fois, puis envoya tout au diable. Il se séchait quand la porte s'ouvrit, et un énorme type entra dans les toilettes.

Le gigantisme de cet homme s'étendait en largeur plus qu'en hauteur. Il pesait au moins 120 kilos, pour une stature moyenne d'un mètre soixante-quinze environ. L'individu arborait une chemisette à manches courtes, noire parsemée de pois jaunes, au col largement ouvert sur une forêt de poils. Le visage était rond, la peau huileuse; un teint jaunâtre révélait des troubles hépatiques. Ses lèvres étaient très minces, son nez aplati. Les yeux étaient petits, extrêmement petits, et noirs comme des têtes d'épingles à chapeaux. Cet homme avait trente-huit ans; il restait très peu de cheveux sur son crâne, blancs pour la plupart. Il s'appelait Matthew Hagen. A une époque, des reporters sportifs avaient comparé son style de boxe à celui de Tony Galento. Il avait quitté le ring depuis une dizaine d'années, et gagnait actuellement sa vie en vendant de l'alcool de contrebande. Il réussissait très bien dans la Rue.

– Salut, Chet, lança-t-il.

Lawrence se contenta d'un signe de tête. Il s'écarta du lavabo, cédant la place à Hagen.

– Tu as une minute ? demanda Hagen.

Il avait fermé la porte et s'y appuyait de tout son poids. Sans attendre de réponse, il fit :

– Elle t'a dit quelque chose ?

– Qui ça ?

– La Chinoise.

– Quelle Chinoise ?

Hagen grimaça. Les commissures de ses lèvres s'incurvèrent comme du lard dans une poêle.

– Je t'ai vu lui parler, il y a un petit moment.

Lawrence esquissa un pas vers la porte. Hagen ne bougea pas. Si Lawrence avait fait un nouveau pas en avant, il se serait heurté à Hagen. Il se mit de côté sans rien dire.

L'énorme type grimaçait toujours.

– Dis-moi, Chet, qu'est-ce qu'elle t'a raconté ?

– Rien.

Hagen souleva son épais poignet et regarda une montre garnie de rubis et dont les chiffres étaient des diamants. Il grommela :

– J'ai payé une fortune pour ce truc-là. Ça donne l'heure exacte. J'ai simplement vérifié combien de temps tu lui as parlé. Ça a duré un peu plus de quatre minutes. Et maintenant, tu veux me faire croire qu'elle ne t'a rien dit du tout...

Lawrence avait préparé sa réponse :

– C'est moi qui ai parlé tout le temps.

Hagen cessa de grimacer.

– Pour qui me prends-tu ? De là où j'étais, j'ai vu ses lèvres bouger.

Les têtes d'épingles noires lançaient des éclairs semblaient vouloir jaillir hors de l'épaisseur grasse du visage pour foudroyer Lawrence. Lawrence, mal à l'aise, cligna des yeux. Il avait l'impression qu'un courant d'air glacé traversait la pièce. Il éprouva une raideur dans les muscles de sa nuque. Cela n'avait aucun rapport avec ce qui était arrivé à la petite Chinoise. Il pensait uniquement à lui, à ce qui pouvait lui arriver.

Il désigna la porte, au-delà de Hagen :

– Mon dîner est en train de refroidir.

– Ça attendra. Faut qu'on parle de tout ça. C'est très important.

– Pas pour moi, en tout cas. Je n'ai rien à voir là-dedans.

– Ça, c'est ton point de vue, dit Hagen. Le mien est différent.

Lawrence se tut.

– Tu me poses un problème, Chet. Et je déteste jouer au jeu des questions.

– Joue tout seul. Je ne suis pas dans le coup.

Le gros homme pencha la tête sur son estomac proéminent. Il le rentra un peu, le laissa ressortir. Il eut un sourire vague, presque triste :

– Oh, si, tu y es. Jusqu'au cou.

Lawrence serra les dents.

– N'exagère pas, Matt. Laisse tomber. Je ne veux pas qu'on m'embête.

Le sourire se pinça.

– Qui t'embête ? Pourquoi tu t'énerves ? Y a aucune raison de s'énerver. On discute, c'est tout.

Lawrence respira profondément par le nez. Il se forçait à rester calme. Il essaya de parler tranquillement.

– Ecoute, Matt. Je t'ai dit distinctement que cette fille ne m'a rien dit. Fais-moi l'amitié de me croire.

– Je voudrais bien, mais je ne peux pas.

– D'accord, tu ne peux pas. Eh bien moi, je peux.

Le sourire s'effaçait pour de bon.

– Non, Chet. Tu t'es fourré dans une histoire. Maintenant, il faut que nous en parlions, et ce n'est pas de ma faute. Il se trouve que j'arrive ici et que je te pose une question directe, et là-dessus, qu'est-ce que tu fais ? Tu biaises. Moi, ça m'ennuie. J'y peux rien, si ça m'ennuie.

– Moi non plus.

– Tu peux faire une chose. Me parler d'homme à homme. Me dire tout ce qu'elle t'a dit. Les moindres mots.

Lawrence prit une nouvelle inspiration. Le visage de Hagen luisait de sueur. Au bout d'un assez long silence, Lawrence murmura :

– Laisse-moi passer, Matt.

Hagen demeura le dos à la porte.

Le seul bruit, dans la pièce exiguë, était celui de leur respiration haletante. Puis Hagen dit :

– D'accord, on va laisser tomber pour le moment. Mais plus tard dans la nuit, on va parler. Je veux que tu viennes me retrouver chez Bertha.

Lawrence secoua la tête.

– Ecoute-moi quand je te parle. Tu viendras me voir chez Bertha.

– Non. Voilà ce que je vais faire. Je vais dîner, je rentrerai chez moi et je dormirai.

– C'est un programme intéressant, sauf que tu as oublié notre rendez-vous chez Bertha.

– Parce que je n'irai pas. Je ne mets jamais les pieds chez Bertha.

– Et bien, tu iras ce soir.

Hagen consulta à nouveau son bracelet-montre.

– Il est dix heures trente-trois. Je te donne vingt minutes pour manger ta soupe, et cinq de plus pour raccompagner ta femme. Ensuite, tout ce que tu auras à faire sera de traverser la rue pour être chez Bertha. Je t'attendrai là. Je veux que tu y soies à onze heures pile.

Hagen pivota, ouvrit la porte et sortit sans la refermer. Lawrence entendit la musique bruyante du juke-box dans la salle. Il décida de rester dans le lavabo encore un moment. Tendant le bras, il saisit le poignée et ferma la porte. Puis, reprenant place devant le lavabo, il ouvrit le robinet et se relava les mains. Il se savonna abondamment, se rinça, puis recommença l'opération jusqu'à ce qu'il lui semble y avoir passé une heure. Il se sécha les mains et sortit enfin des toilettes.

A présent, il y avait davantage de clients dans le restaurant. Un couple âgé de gitans occupait l'une des tables, et trois filles de couleur abondamment maquillées dévoraient des crêpes et des andouillettes au comptoir. Les filles essayaient d'engager la conversation avec Sam, mais Sam, muet, les regardait de travers. Lawrence rejoignit la table où Edna l'attendait, et vit que Sam avait posé une assiette renversée sur le plat pour le tenir au chaud.

Edna fumait une cigarette en buvant son café noir. Elle attendit que Lawrence fût installé, lui cligna de l'œil et dit :

– Tu te sens mieux maintenant ?

Il ne répondit pas. Otant l'assiette creuse qui coiffait son plat, il commença de manger le jambon aux choux. Il mangeait, inclinant la tête très bas au-dessus de son repas, essayant de se concentrer sur la nourriture mais sans y trouver grand goût, bien qu'elle fût excellente.

L'une des Noires se leva pour alimenter le juke-box. Le casque protecteur accroché au dossier de la chaise heurta l'épaule de Lawrence, et quand il se retourna pour l'arranger, il croisa le regard de Sam fixé sur lui. Un long doigt fit signe à Lawrence, cependant que Sam, abandonnant son comptoir, allait dans la cuisine. Lawrence se leva et Edna lui demanda où il allait. Il dit avoir oublié ses cigarettes aux toilettes. S'éloignant de la table, il entra à son tour dans la cuisine.

Le Noir l'y attendait. Il dit, d'un ton au-dessus du murmure :

– Sois prudent, frère.

Lawrence jeta un coup d'œil à la cloison des lavabos, qui était adjacente au fourneau.

A son tour, Sam regarda la cloison.

– J'ai entendu ce que te disait Hagen. Je n'ai pas pu m'en empêcher. Je ne voulais pas écouter, mais ces oreilles que j'ai, elles fonctionnent trop bien. Quelquefois, j'ai envie d'être sourdingue. Ces oreilles-là, elles en entendent trop.

– Ça va bien, murmura Lawrence. Ça n'a pas d'importance. Hagen ne me fait pas peur.

Les yeux de Sam étaient des lentilles d'opticien.

– Dis pas ça, frère. Tu te fais du mouron, je le sais.

Il s'approcha :

– Cette fille, là dehors, cette Chinoise, elle s'est fait attaquer. Elle prétend que c'est un accident, mais ce n'est pas un accident quand elles marchent comme ça. Il y avait des gouttes de sang sur le trottoir. Puis je regarde au loin et je vois des taches jaunes. Sur la chemise à vingt dollars de Hagen...

Lawrence haussa les épaules, manière de dire : eh bien, c'est comme ça que ça se passe avec Hagen, quand le printemps revient, et il s'est livré à ce genre de sport si souvent que ça ne vaut même plus la peine d'un parler.

Mais Sam poursuivait son idée :

– Hagen m'a vu en train de parler à cette fille. Mais il sait que je ne suis pas du genre trop curieux.

– Exactement comme moi.

– Hagen n'en est pas si sûr.

– Il devrait.

– Il n'en sait rien.

Il y eut un moment de silence, puis Lawrence dit :

– Ça fait vingt ans que je ne m'occupe pas des affaires des autres. J'ai vu des types poignardés, assommés à coups de nerf-de-bœuf, découpés au hachoir. S'ils m'appelaient au secours, je tournais la tête et je m'en allais. Je ne suis jamais intervenu. Même pas quand ils se vidaient de leur sang dans le ruisseau.

– Je sais, mon gars, approuva Sam. C'est la réputation que tu as. Mais une réputation, c'est comme un pneu de voiture. Ça roule, ça roule et un jour ça rencontre un clou.

– Mais enfin, Bon Dieu, tout ce que j'ai fait, c'est de ramasser cette fille et de la faire asseoir sur un pas de porte !

– Ouais, fit Sam, c'est tout ce que tu as fait. Vingt ans foutus en l'air.

– Ça ne se passera pas comme ça.

– Je te le souhaite, fit Sam tristement. Ecoute mon conseil. Aie la trouille.

– Comment ?

Sam secoua énergiquement la tête :

– C'est ce que veut Hagen.

Son intonation se fit pressante, convaincante comme s'il s'agissait d'une affaire de famille :

– Fais ce que je te dis. Laisse croire à Hagen que tu as peur de lui. C'est la seule façon d'avoir la paix, avoir vraiment la trouille. Ne te mouille pas avec ce type. C'est un salaud. Un dur, capable de tout.

Lawrence ricana.

– N'en rajoute pas, Sam. Ne le fais pas pire qu'il n'est !

Il sourit, comme si deux crochets relevaient soudain les coins de sa bouche. Il contourna Sam et sortit de la cuisine. Quand il rejoignit sa table, Edna le regarda d'un œil noir.

– Tu y as mis le temps.

– Sam me racontait une blague.

– Sur quoi ?

– Sur un pneu de voiture.

Il regarda son assiette. Il y restait un peu de nourriture, mais il n'avait plus faim. Il but un peu de café, et eut l'impression d'avaler une poignée de sable. Il sortit ses cigarettes, en alluma une. Puis ouvrant son portefeuille il posa deux dollars sur la table. Comme il se levait, il vit Edna regarder les billets. Elle dit :

– Ce n'était pas si cher.

Elle tendit une main vers l'argent. Il la repoussa.

– Laisse ça là. Viens, allons-nous en !

Quand ils furent dehors, Edna dit :

– Pourquoi Sam t'aurait-il raconté une blague ? Tout le monde sait bien que Sam ne dit jamais de blagues...

–III–

Ils marchaient lentement, et Edna disait quelque chose, mais il n'entendait pas. Quand elle posait une question, il marmonnait oui ou non. Finalement elle lui demanda à quoi il pensait et il ne répondit pas. Edna dit qu'il était parfois difficile d'avoir une conversation avec lui. Elle dit que par moments elle se demandait si tout tournait bien rond chez lui, pas exactement dans la tête mais dans son comportement. Elle poursuivit, disant qu'il travaillait trop dur aux docks de fret, et que c'était une honte d'obliger des hommes à travailler autant. Ce qu'il devrait faire, ajouta-t-elle, c'était d'entrer dans l'équipe du matin, d'oublier une fois pour toutes l'engrenage des heures supplémentaires, et de ne donner au patron que huit heures par jour. Elle dit aussi qu'il était grand temps que les autres membres de la maisonnée participent à la nourriture et au loyer, et qu'il faudrait en parler une bonne fois un de ces jours. Elle dit qu'elle en avait plus qu'assez de la façon dont se comportait son père, de même que son frère qui se levait à deux heures de l'après-midi pour boire du vin jusqu'au petit matin. Sans rien faire d'autre que boire du vin avec d'autres bons à rien de son acabit. Et sa belle-sœur ! C'était littéralement écœurant de voir sa belle-sœur cavaler à droite et à gauche, et il fallait que son frère soit complètement demeuré pour la laisser faire, il faudrait le faire enfermer. Tous les trois, père, frère, belle-sœur, tous à mettre dans le même sac. Elle regarda Lawrence, et comprit qu'il ne l'écoutait pas. Elle lui demanda de lui prêter un peu d'attention, par pitié, quand elle lui parlait. C'était le moins qu'il puisse faire. Elle l'examina avec une attention soutenue et dit qu'il n'en faisait guère plus que les autres ces temps-ci. Elle attendit une réponse de sa part, et devant son mutisme, décida de laisser tomber; ils parleraient de tout ça plus tard, une fois au lit toutes lumières éteintes. Alors elle pourrait le repousser et lui dire qu'elle avait la migraine, une sciatique ou une douleur quelconque, ce n'étaient pas les excuses qui lui manquaient, ni la phrase exacte. Pourtant quelquefois il se mettait en colère, alors bien sûr elle devait céder. Ce serait tellement agréable s'ils pouvaient se limiter à des baisers. C'était l'une des choses qu'elle préférait en lui. Son haleine était toujours fraîche et c'était un véritable régal de l'embrasser, puis de s'éloigner pour regarder son visage. Elle le trouvait très beau. la bouche exactement comme il fallait, le nez aussi, et ses yeux, il avait des yeux splendides. C'était un tel délice de l'embrasser, puis de laisser courir les mains derrière ses oreilles dans toute cette soie d'or pâle et de l'embrasser encore et de l'embrasser, mais c'est alors qu'il s'excitait. Pourquoi fallait-il donc qu'il ait le sang si chaud ? Pourquoi ne pas savoir se limiter simplement aux baisers ?

Elle mordit sa lèvre inférieure et lui dit :

– Ce café m'a complètement réveillée. Je crois que je vais m'asseoir un moment.

Il ne répliqua pas.

Elle ajouta :

– Je crois que je vais lire quelques journaux de cinéma.

Ils traversaient la Quatrième Rue. Quelque chose bondit devant leurs pas. Un chat pourchassant une chatte. Edna reprit :

– Oui, voilà ce que je vais faire. M'asseoir une heure ou deux et lire les journaux de cinéma.

Ils étaient arrivés. Edna commença de gravir les marches du seuil puis se retourna pour le regarder. Il lui tournait le dos, immobile.

– Qu'est-ce que tu regardes ?

– Rien.

Il lui fit face et lui tendit son casque de protection.

– Tiens, tu le rangeras.

– Tu n'entres pas ?

– Pas maintenant.

– Où vas-tu ?

– Nulle part. Je vais juste m'asseoir ici un moment.

Elle l'examina quelques instants, puis haussant les épaules monta les marches de bois, ouvrit la porte et disparut. Lawrence s'assit sur la marche du milieu, appuyant ses coudes sur ses genoux, son menton sur ses poings. Pendant presque une minute il demeura ainsi sans bouger. Puis lentement sa main s'introduisit sous un rabat de la salopette, d'où il tira une grosse montre de gousset. Le cadran indiquait onze heures deux minutes. Il remit la montre dans sa poche, se leva et entreprit de traverser la rue.

A mi-chemin il s'immobilisa, pensant : non, qu'il aille au diable. Non.

Faisant volte-face, il revint vers sa maison mais au lieu de reprendre sa place sur le seuil il obliqua à gauche dans Ruxton, en direction de la Cinquième. Tout ce que tu as à faire est de continuer jusqu'à la gare des marchandises. Il y a un train à onze heures quarante, tu n'as qu'à sauter dans un wagon et t'endormir, et d'içi que tu te réveilles tu seras à six cents milles d'ici, ce serait la seule chose intelligente à faire.

Puis il traversa la Cinquième et pensa : tu ne le feras pas. Un type intelligent ferait ça, et tu n'es pas un type intelligent.

Suivant la courbe, il passa de l'autre côté de la rue. Il s'arrêta sous un réverbère pour allumer une cigarette. Derrière lui, des doigts frappèrent contre une vitrine et, se retournant, il vit des bohémiennes qui exhibaient leurs chicots dans des sourires pleins d'espoir. Un instant, il fut presque tenté d'entrer, et d'investir un dollar pour savoir ce qu'elles avaient à dire sur son avenir, le lendemain, la semaine suivante, l'année prochaine. Mais bien sûr elles lui feraient découvrir une mine d'or le lendemain, doubler son avoir le mois prochain et vivre dans les palaces l'année suivante. Il secoua négativement la tête à l'intention des gitanes, et reprit sa route vers la Quatrième.

Il dépassa une autre fenêtre où des doigts tapotaient. Ils appartenaient à l'octavonne qui partageait sa cabane en bois avec un nabot vénézuélien. Le vénézuélien travaillait quelque part en équipe de nuit et l'octavonne restait assise à sa fenêtre, buvant du gin dans un verre à dents, attentive à n'importe quel pas masculin. Elle prenait deux dollars, ce qui était une véritable affaire.

Il avançait. D'autres masures en bois. D'autres doigts frappant les vitres. Ce côté-ci de la Rue connaissait toujours un regain d'activité en avril... Il contempla les visages féminins qui souraient, lui disant : viens, on te connaît bien, on te fera une faveur. Amène-toi, Chester, qu'est-ce que tu as à perdre ?

Il dépassa un terrain vague jonché d'immondices, au centre duquel un grand panneau disait : « Dépôt d'ordures formellement interdit », traversa une ruelle sans s'arrêter devant la cahute de Tillie, le mystère vivant de Ruxton Street. Bien qu'elle pesât près de cent cinquante kilos, elle avait plus de clients que toute autre fille de la Rue. Il avait été à l'école avec Tillie, elle recevait en permanence le prix de bonne conduite. L'on disait d'elle aujourd'hui que les spécialités dont elle faisait négoce dépassaient l'imagination, et si quiconque se laissait piquer par la curiosité, ça lui coûtait six dollars pour voir.

Un peu plus loin, il entendit les chants, les claquements de mains, et dépassa l'église du Saint-Esprit, où les vieux Noirs priaient Dieu de sauver les pécheurs, tous les pécheurs mais particulièrement leurs enfants qui, en ce moment même jouaient tout leur argent à la passe anglaise ou au poker en buvant les breuvages de Satan et fumant l'herbe de Satan à deux bouffées pour un dollar dans quelque impasse.

Ensuite il dépassa la petite chapelle grecque orthodoxe, qui précédait une autre décharge publique où, pas plus tard que le mois dernier, deux Grecs et deux Suédois s'étaient fait saigner à mort par d'autres Grecs et d'autres Suédois; où, en cet instant même un chien bâtard courait en piaillant comme un fou parce que neuf énormes rats avaient décidé de faire un festin cette nuit et le dévoraient tout vif.

Il y eut encore une échoppe de brocanteur puis une vitrine où étaient exposés des bocaux d'herbes et de racines, avec une enseigne disant « Madame Nancy » et deux crânes en réduction. Continuant sa route, il ignora le club de billard de Teddy, une maison de rapport, une autre maison de rapport, une ruelle de plus, pour aboutir enfin à la construction en bois de deux étages que nulle enseigne ne distinguait mais qui était un établissement connu sous le nom de « la Boîte à Bertha ».

C'est ici que l'on achetait et buvait la dynamite en bouteille qui soûlait tellement plus vite que le gin, le vin et le whisky des autres estaminets. C'est ici que l'on jouait au poker et au blackjack des nuits entières. Si l'on voulait manger, Bertha faisait la cuisine. Si l'on amenait une fille et qu'on voulait monter avec, Bertha avait toujours une chambre libre. Elle fournissait tout ce qu'on voulait, sauf des filles. Elle proclamait fièrement : « ma maison n'est pas un bordel ».

Il connaissait Bertha depuis toujours. Elle était un peu plus jeune que lui. Quand il avait six ans, il avait trouvé une boîte de peinture laquée bleue et la lui avait renversée sur la tête. Quand il avait seize ans, il l'avait emmenée dans une maison abandonnée, s'attendant à lui faire peur mais elle n'avait pas eu peur du tout. Après que tout fut fini, il s'était senti abasourdi et quelque peu amoureux. Il avait détesté cette sensation d'être conquis, et surtout le rire vainqueur de Bertha. Alors il s'était juré de ne plus jamais la voir. Mais la semaine suivante, il était encore avec elle. Et ainsi de suite. Et quand il avait eu dix-huit ans et qu'il la voyait au moins trois fois par semaine, il lui avait dit qu'il la détestait et elle lui avait éclaté de rire au nez. Et un soir, le printemps lui avait joué un tour, et il s'était surpris à lui parler tendrement. Ils avaient loué une chambre pour une heure, et les vingt premières minutes, il n'avait pas cessé de parler et de parler, essayant de lui dire qu'il l'aimait pour de bon. Elle avait ri, lui avait dit de se taire, qu'ils n'étaient pas venus là pour parler. Furieux, il l'avait insultée. Elle avait bondi, l'avait frappé sur la bouche en le couvrant d'injures. Il avait riposté d'un coup de poing au menton, la jetant au sol. Se relevant, elle lui avait flanqué une gifle sur l'œil, et il l'avait presque assommée. Puis il avait pris la fuite. Elle ne pouvait pas le poursuivre, car elle était nue. Mais une fois dans la rue, il avait entendu une fenêtre s'ouvrir et son dernier souvenir avait été celui d'une bouteille de bière lui atterrissant sur le crâne. Depuis cette nuit-là, il avait cessé toute relation avec Bertha.

Sauf parfois quand ils se rencontraient dans la rue et échangeaient regards furibonds ou insultes. De temps à autre, elle se présentait chez lui pour lui dire que sa belle-famille lui devait de l'argent; ou ils avaient filé sans payer, ou il s'agissait d'une dette de jeu, ou encore au cours d'une bagarre ils avaient cassé quelques meubles. Il lui lançait toujours la même riposte : « Fous le camp ou je te jette dehors ! » mais elle s'incrustait jusqu'à ce que l'argent soit dans sa main.

Quelques semaines auparavant, ils avaient eu une discussion plus violente que d'habitude, et quand il avait refusé d'avaliser une dette de douze dollars, elle avait saisi une lampe de quinze dollars et l'avait jetée par la fenêtre. Puis elle avait craché sur le sol et attendu, provocante, qu'il ose la frapper. Il n'en avait rien fait, pour l'unique raison qu'il craignait d'aller trop loin. Mais aussitôt après son départ, il s'était emparé d'un vase en porcelaine et l'avait fracassé par terre, rien que pour l'entendre exploser.

A présent, il se trouvait devant chez Bertha et fourrait une nouvelle cigarette entre ses lèvres. Il tourna lentement la tête en frottant l'allumette, et à travers la flamme il put distinguer de l'autre côté de la rue le rez-de-chaussée surélevé qui était sa maison. A vol d'oiseau, la maison pouvait être distante d'environ quinze mètres. Pourtant il lui semblait se tenir sur la rive d'un océan, à des milliers de kilomètres de chez lui. Il oublia de souffler son allumette, dont la flamme commença à le brûler. Il lâcha l'allumette, laissa la cigarette tomber de sa bouche, fit à nouveau face à la maison de Bertha.

Alors que son esprit lui disait non, non, la porte disait, mais si, tu n'as pas le choix, il faut que tu entres.

Il escalada les quatre marches de pierre et appuya sur le bouton de sonnette. Après une brève attente la porte s'ouvrit et il vit Bertha.

Il retrouva la tignasse mousseuse couleur sang-de-bœuf et les longs cils assortis. Ses yeux étaient toujours d'un bleu profond, des yeux à haute-tension qui disaient au monde : je n'ai peur de rien, essayez un peu pour voir. Les lèvres, le nez, le grain de la chair parachevaient ce que l'on appelait dans la Rue une beauté sauvage. Oui, l'on disait que Bertha avait le visage et le corps les plus sauvages qui puissent se voir n'importe où.

Bertha restait immobile, les poings sur les hanches, sans produire aucun autre son que le léger cliquetis de ses boucles d'oreilles en strass. Elle portait une robe de satin rouge vif qui lui collait au corps comme une couche de peinture. Bien plantée sur ses hauts talons, elle toisait Lawrence.

Elle l'interrogea :

– Tu es venu réparer la plomberie ?

Mais son regard révélait qu'elle connaissait le motif de sa visite. Elle s'effaça pour le laisser entrer. Il franchit un étroit vestibule, pénétra dans un salon qui pouvait passer pour élégant, vu les normes moyennes de Ruxton Street. A l'époque où les parents de Bertha vivaient encore, cet endroit avait été une bâtisse comme les autres, aux murs craquelés, au mobilier bancal. En regardant autour de lui, il constata qu'elle avait fort bien tiré parti de cet héritage en location. Aucun propriétaire ne l'aurait aussi bien arrangé, et il se dit qu'elle avait dû acheter la maison et y investir une forte somme. Il remarqua le tapis flambant neuf et un divan d'aspect coûteux.

Comme il s'apprêtait à s'y asseoir, Bertha dit :

– Non, pas ici, ou je t'envoie la facture du nettoyage.

Docilement, il se dirigea vers une chaise. Bertha dit :

– Pas là non plus.

Elle regarda d'un air dégoûté la salopette crasseuse, puis désigna d'une main dédaigneuse l'escalier :

– Assieds-toi sur une marche.

L'espace d'un instant, il oublia son affaire avec Hagen et lança d'un ton agressif :

– Ne me dis pas où je dois m'asseoir. Je m'assiérai où je veux !

Il marcha jusqu'au divan et se laissa tomber sur le coussin central. Croisant les jambes, il s'installa confortablement. Bertha lui dit :

– Ceux qui s'asseoient ici payent. Que veux-tu boire ?

– Du petit-lait.

– Je ne vends pas ça.

– Ça m'évitera de payer.

– Oh, non, dit-elle. Commande autre chose.

– Du café.

– C'est mieux, mais je n'en sers jamais au salon.

Elle sortait de la pièce. Abandonnant son siège, il la suivit jusque dans la cuisine, une vaste pièce dotée d'un grand fourneau et de trois tables rondes. A l'une d'elles, des hommes jouaient au poker. Autour d'une autre, trois femmes et un adolescent sirotaient un liquide incolore dans des verres à eau. La troisième table étant inoccupée, il la contourna et choisit une place en face des joueurs de cartes. Ils étaient cinq, dont quatre qu'il identifia comme des habitants de la Rue. L'autre était un jeune type mince qu'il n'avait jamais vu. Il avait le teint mat d'un Antillais, des traits réguliers, des oreilles délicatement ourlées et une chevelure noir de jais rejetée en arrière et soigneusement peignée. Il était assis avec grâce, comme un danseur prêt à l'envol. Il portait une chemisette vert sombre sous un cardigan plus clair, et quand il se leva pour aller parler à Bertha, il révéla son pantalon gris clair et des sandales marron à semelles de crèpe. Ce jeune gandin adressa à Bertha quelques paroles inaudibles pour Lawrence, puis regagna la table de poker. Bertha, devant l'évier, garnissait d'eau le percolateur. Elle emportait la machine sur le fourneau quand Lawrence se leva et lui barra le passage, demandant :

– Où est Hagen ?

– Il va revenir.

Elle le contourna, posa le percolateur sur le fourneau qu'elle alluma.

Il voulut dire quelque chose, puis décida de s'abstenir et retourna à sa place. Tandis qu'il s'asseyait, il remarqua que le jeune Antillais le regardait avec attention. Quelques instants s'écoulèrent, pendant lesquels il échangea un regard dénué d'expression avec cet inconnu. Puis l'Antillais quitta la cuisine. Lawrence entendit la porte d'entrée s'ouvrir et se fermer. Du côté du fourneau, Bertha allumait une cigarette. Elle semblait soucieuse.

Elle vint à sa table et s'assit, laissant entre eux une chaise vide. Un moment, elle fuma en silence, puis prit place sur la chaise vide et finit par dire :

– N'attends pas ton café. Fiche le camp.

Elle avait parlé très bas, sans le regarder.

Il étudia son visage, qui demeura impassible. Bertha ajouta :

– Pour deux raisons. Premièrement, je ne t'aime pas et je ne veux pas te voir ici. Deuxièmement, je suis de bon conseil. Si tu restes, tu vas te retrouver dans la mélasse.

Il posa ses mains bien à plat sur la table.

– Qu'est-ce que tu en sais ?

– Ne t'occupe pas de ça. Contente-toi de faire ce que je te dis.

Lawrence eut un mince sourire.

– Il y a quelque chose qui cloche. Je comprends très bien que tu ne veuilles pas de moi ici, mais je te vois mal me donner un bon conseil.

– Prends-le quand même, c'est gratuit.

Il réfléchit, puis murmura :

– Qu'est-ce qui se passe ici ?

Bertha ne répondit pas. Lawrence insista :

– Je finirai bien par le savoir, de toute façon, que tu me le dises ou non. Alors autant me le dire.

Elle tira une longue bouffée de sa cigarette, prit tout son temps pour la rejeter. Puis elle chuchota :

– Ça fait des années qu'on ne t'a pas vu ici. Pourquoi ce soir ?

Il fut incapable de répondre, submergé par une colère froide, principalement dirigée contre lui-même. Bertha dit :

– Hagen peut arriver d'une minute à l'autre. Je te donne une chance de filer avant que ça ne devienne trop grave. Je lui dirai simplement que tu es venu, et que tu t'es fatigué de l'attendre. Ça devrait lui suffire. Du moins pour le moment...

– Et pour demain ?

– Demain, il sera moins énervé. Ce soir, il est très nerveux. Tu sais comment il est, Hagen.

Il lui revint alors un souvenir lointain, remontant à l'époque où Hagen était le chef des voyous de la Cinquième Rue. La bande avait entraîné deux gamines dans une impasse. Quand son tour était venu, il avait dit à Hagen qu'il ne voulait pas. Le visage de Hagen s'était couvert de sueur, comme tout à l'heure dans les toilettes de Sam, et il avait sorti un couteau rouillé... En se souvenant de tout ça, il se souvenait aussi des épisodes suivants, les filles dans le sous-sol d'un immeuble en démolition, une foule de types venant s'en repaître, et Hagen les faisant payer trente cents la passe. Puis, déchirant le voile de l'oubli lui revint une image de lui-même dans le sous-sol, avec Hagen. Hagen le regardant avec une profonde méfiance, lui montrant ses énormes mains et l'informant de ce qu'il lui arriverait si jamais il avait la langue trop longue. Il se réentendait dire : « Bien sûr, Matt, bien sûr, Matt » tandis que ses genoux se dérobaient sous lui. Il faisait froid dans ce sous-sol, un froid épouvantable alors que dehors il faisait bon, presque chaud. Une température d'avril.

– Le café est prêt, dit-il. Verse-m'en une tasse.

– Demain soir, fit Bertha. Reviens demain soir pour le café, ce sera gratuit. Ce soir, il coûte un dollar la tasse.

Lawrence tira son portefeuille et posa un dollar sur la table.

Ramassant le billet, Bertha le plia soigneusement. Repoussant sa chaise, elle alla vers le fourneau. A la table de poker éclata une légère dispute concernant les règles du jeu, qui se calma assez vite, puis repartit de plus belle. Bertha déposa le café devant Lawrence, puis alla dire aux joueurs de poker de baisser le ton. Comme ils continuaient de s'engueuler, elle leur cria de se taire et ils se turent. Bertha se pencha sur la soupière remplie de pièces de monnaie, son pourcentage sur chaque jeu. Les joueurs s'attendaient à la voir vérifier minutieusement, comme d'habitude, le contenu de la soupière; ils semblèrent stupéfaits de voir qu'elle n'accordait à cet argent qu'un rapide coup d'œil. Faisant abruptement demi-tour, elle revint auprès de Lawrence.

Il ne la regarda pas. Déconcertée, elle l'examina tandis qu'il fumait à petites bouffées et buvait son café à petites gorgées, alternativement. Le tout avec la tranquille lenteur d'un homme qui n'a rien d'autre à faire pour tuer le temps. Elle dit calmement :

– Pendant toutes ces années, depuis que nous nous connaissons, je t'ai traité de tous les noms imaginables, sauf de cinglé. Eh bien, le moment est venu. Tu es un fou.

– Ton café est bon. Mais il ne vaut pas un dollar.

– Avant qu'il fasse jour, il t'aura coûté bien plus cher. Et pas en argent.

– C'est mon problème.

Bertha se pencha en avant, les coudes sur la table, le dos tourné à la table de poker. Le donneur dit aux autres joueurs de faire attention à leurs cartes. Bertha entendit cette réflexion, et son regard exprima une brève sympathie pour tous les mâles affamés qui brûlaient et souffraient au printemps. Puis ses yeux redevinrent durs en regardant Lawrence prendre son temps. Elle dit :

– Voilà ce que je vais faire. Laisser aller. Je vais m'asseoir et je serai aux premières loges pour te voir dans la merde. Et tu veux que je te dise ? Je vais me régaler !

Il sirota une gorgée de café.

— J'aime mieux ça. Tu vas bien t'amuser, hein ? Tu ne penses qu'à ça depuis l'instant où je suis entré ici. C'est pour ça que tu voulais que je m'en aille. Pour le plaisir de me voir revenir en morceaux !

— Non, Lawrence. J'ai joué franc-jeu avec toi.

— Dis ça aux asticots. Eux, ils joueront franc-jeu avec toi !

Bertha respira profondément. Ses lèvres dessinèrent une injure. Elle s'astreignit à recouvrer son calme :

— Je vais faire encore un effort. Je te supplie de partir maintenant. Et c'est contraire aux ordres de Hagen. Il m'avait dit que tu ne viendrais sûrement pas, mais que si tu venais, je devais te retenir.

— Il a dit ça ?

— Je te jure que oui.

— Et le beau gosse, qu'est-ce qu'il a dit ?

— Quel beau gosse ?

— La gravure de mode. Celui qui jouait au poker et qui s'est levé pour te parler à l'oreille. Qu'est-ce qu'il a dit ?

Le regard de Martha ne cillait pas.

— Il cherchait à vérifier. Il m'a demandé si tu étais bien l'homme que Hagen voulait voir. J'ai répondu que oui. Il m'a dit qu'il allait chercher Hagen et lui dire que tu étais là.

Les doigts de Lawrence tambourinèrent sur la table.

— Qui est ce petit gandin ? Qu'est-ce qu'il fabrique avec Hagen ?

— Ils sont associés. Il s'appelle Pancho. Autrefois, il travaillait dans un cirque comme lanceur de couteaux. On l'appelait Droit-au-but.

– Pourquoi me dis-tu ça ? Tu t'imagines me faire peur ?

– Tu ferais bien d'avoir peur, Lawrence.

Il allait répondre du tac au tac, mais il se souvint que Sam, lui aussi, au restaurant, lui avait dit que la meilleure façon de s'en sortir était d'avoir peur.

Bertha disait :

– Ce n'est pas un situation ordinaire, tu devrais être capable de t'en rendre compte...

Elle s'approcha, sa voix devenant un murmure :

– L'affaire de ce soir, c'est du nouveau pour Hagen. Depuis des années et des années il a brutalisé, violé des femmes. Mais c'était toujours des filles de Ruxton Street, des professionnelles ou des vieilles peaux. Quand c'était fini, ou bien elles touchaient quelques dollars ou elles se contentaient de s'en aller et de penser à autre chose. Mais cette petite Chinoise, c'est une nouvelle venue, une fille honnête. Elle ne connaît rien aux habitudes du quartier. Si tout se passe comme Hagen l'espère, elle ne restera pas longtemps honnête. Seulement, il a peur que quelqu'un s'interpose...

Lawrence souleva sa tasse et termina son café.

– Tout ça, ça concerne Hagen et la petite. Moi, je n'ai rien à y voir.

– Pourtant, tu t'en es mêlé, rien qu'en lui adressant la parole !

– Ça, c'est ce que pense Hagen. Pas moi.

– Tu n'oublies qu'une chose : Hagen a l'habitude de penser pour les autres !

– Tu vois ça de ta fenêtre. Mais moi, je vis de l'autre côté de la rue.

Bertha demeura silencieuse un moment, puis :

– Quand tu parleras à Hagen, évite de lui dire ça, il n'aimera pas.

– Ce qu'il aime ou ce qu'il n'aime pas, je n'en ai rien à foutre. Je n'ai pas l'intention de lui faire la cour !

– Tu es quand même venu. Tu as fait la traversée, depuis l'autre côté de la rue. Essaie de réfléchir à ça un moment. Tu m'excuseras, mais j'ai des clients.

Un groupe de quatre personnes venait de se joindre aux autres consommateurs. Bertha se leva et alla prendre leur commande.

–IV–

Il s'adossa, les mains jointes derrière la nuque, et réfléchit. Tu n'as pas peur. Tu sais que tu n'as pas peur, et c'est précisément ce fait qui t'inquiète.

Il se dit qu'il devrait garder son sang-froid, quoi qu'il advienne. Il se rappela les trois moments de sa vie où il s'était laissé aveugler par la colère, se moquant totalement de vivre ou de mourir, pendant qu'il détruisait ce qui se trouvait devant lui. La première fois, il avait treize ans. Il avait été assailli par une nuée de voyous de la Septième Rue. Ils l'avaient jeté à terre, puis obligé de s'agenouiller devant une boîte à ordures. Ils lui avaient ordonné de manger. Evidemment, il avait refusé, et l'un d'eux, qui se tenait derrière lui avec un bout de manche à balai avait commencé de lui taper dessus. Il avait tenu bon pendant presque une minute, puis s'était dégagé, fou furieux. Trois d'entre eux étaient repartis en ambulance. Les autres s'étaient dispersée, hurlants et sanguinolents, le laissant maître du terrain.

Le deuxième incident s'était produit moins d'un an plus tard, quand il s'était disputé avec un membre de son propre gang, et que Hagen leur avait ordonné de régler ça en hommes. Ils avaient commencé la châtaigne au carrefour de la Cinquième et de Ruxton, et tout d'abord ni l'un ni l'autre n'avaient vraiment envie de se battre. Hagen, furieux de les voir si peu belliqueux leur avait dit de s'y mettre, sinon on les déshabillerait et on leur peindrait le cul en jaune, la couleur des lâches. Ils s'étaient donc battus, mais sans grand enthousiasme, jusqu'au moment où il avait entendu les autres se moquer de lui, et Hagen dire à quelqu'un d'aller chercher de la peinture jaune. Cessant de frapper, il s'était mis à courir, mais les autres l'avaient vite rattrapé. Alors il s'était bagarré pour de bon. Comme Hagen, resté à l'écart, l'insultait railleusement, il s'était jeté sur lui, mais les autres l'avaient cloué contre une palissade, essayant de le calmer. Il leur avait demandé de le laisser, pour qu'il puisse cogner sur Hagen. Ils l'avaient raisonné : s'il se frottait à Hagen, il finirait au cimetière. Il en pleurait de rage, ordonnait à Hagen de ne plus rire. Hagen avait ri encore plus fort. A nouveau, il avait tenté de se frayer un chemin pour sauter sur Hagen. Il était totalement hors de lui, les bras secoués comme des pistons d'acier mus électriquement. Il y avait eu des cris de douleur, quelques-uns étaient tombés avant qu'il ne s'écroule lui-même, frappé par derrière, inconscient. Quelques jours plus tard, il avait appris qu'il avait dans sa fureur aveugle fracturé la mâchoire de l'un et qu'un autre allait perdre un œil. La bande était fière de lui, et le gamin qu'il avait éborgné, loin de lui en vouloir, avait insisté pour lui serrer la main, son bon œil disant : tu es un type formidable, Chet, un vrai champion, et de toute façon, avec mon mauvais œil, je vais avoir l'air un vrai dur. Mais ce message n'était pas parvenu au champion. Le champion pleurait trop.

Il était moins certain, pour le troisième épisode. Celui-ci s'était déroulé à quelque quinze mille pieds au-dessus du Pacifique, et il avait abandonné avant la fin, avec un certain poids de métal dans les bras et la poitrine. Par la suite, la Marine lui avait affirmé qu'il avait abattu trois appareils ennemis, et lui avait fait cadeau d'un ruban. Pour son courage, avaient-ils dit. Mais il avait toujours répugné porter cette décoration, qui n'avait vraiment rien à faire avec le courage. Il avait simplement perdu son sang-froid, une fois de plus. Tout là-haut, dans le ciel du Pacifique, il n'avait plus été qu'un banal voyou de Ruxton, du carnage plein la tête et rien d'autre.

A la table de poker, on s'engueulait à nouveau. En plus, l'on faisait beaucoup de bruit à la table des buveurs. L'adolescent, flanqué de sa mère et de ses deux tantes, voulait un autre verre d'alcool de grain, sa mère refusait et il insistait pour en avoir quand même. Ses tantes lui ordonnant de se taire, il leur dit d'aller se faire voir. Sa mère lui flanqua une gifle, alors il se leva et cogna sa mère en plein dans l'œil. Puis il voulut s'attaquer à ses tantes, mais Bertha intervint, le saisit par les cheveux et le fond de son pantalon et le poussa ainsi hors de la pièce et de la maison.

Revenue dans la cuisine, Bertha pria la mère du jeune garçon de ne plus jamais le laisser venir dorénavant, ajoutant que ce gosse était un véritable sac d'embrouilles. A quoi la mère répliqua :

– Je ne vous laisserai pas insulter le petit. Il est la chair de ma chair et je suis fière de lui.

– Il est magnifique, fit Bertha.

– Oui, c'est un beau garçon.

– Je ne parle pas de votre fils, rectifia Bertha, mais de votre œil au beurre noir.

La maman répliqua vertement, mais Lawrence se désintéressa de la scène. Il écoutait le pas lourd qui s'approchait de la cuisine, certain qu'il provenait de Hagen. Il éprouva une raideur dans la poitrine, et le sentiment étrange que sa chaise s'était transformée en luge dévalant une pente. Il se raisonna. Aucune raison de redouter une conversation, rien qu'une brève conversation, après laquelle il serait libre de partir, de traverser la rue, de rentrer chez lui.

Hagen fit son entrée, marqua un temps d'arrêt jusqu'à ce que ses petits yeux noirs découvrent Lawrence. Alors il reprit sa marche, se mouvant avec une étrange lenteur, comme si le sol de la cuisine était une fragile passerelle jetée au-dessus d'un précipice. Il avançait, tel l'ours de montagne, sans regarder le danger, ne voyant que sa proie, piégée de l'autre côté du ravin.

Hagen s'assit à côté de Lawrence, sans lui accorder un regard, sans rien dire. Puis Hagen commanda à Bertha un pichet d'eau glacée. Lawrence demanda encore un café. Hagen lui demanda :

– C'est tout ce que tu bois ?

– Le café est bon, chez Bertha.

– L'alcool aussi. Tu veux un coup de gnôle ? C'est ma tournée.

– Non, merci.

– Pourquoi pas ? C'est du casse-patte de première, pas de la bibine ordinaire !

Il interpella Bertha, qui extrayait d'un bac des cubes de glace :

– Verse-lui un verre, je veux qu'il y goûte.

– Non, marmonna Lawrence, je n'en ai pas envie.

– Bertha, sers-lui un verre !

Puis, à Lawrence :

– Moi, j'en boirais volontiers, mais à cause de mon foie, le docteur m'a collé au régime. Tu te rends compte, pas d'alcool, pas d'œufs, pas d'épices, toutes les choses que j'aime ! La semaine dernière, je me suis offert un extra, des piments rouges... trois jours au plumard !

Lawrence allumait une cigarette.

– Ce n'est pas tout, poursuivit Hagen. Fumer. Je n'ai plus le droit de fumer non plus. Mais ça, impossible de m'arrêter. Passe-m'en une.

Il prit le paquet de Lawrence, attendit que Lawrence frotte une allumette. Lawrence se contenta de lui tendre la pochette. Il arracha une allumette, l'alluma sans quitter Lawrence des yeux, puis l'approcha lentement de sa cigarette. On se disputait toujours à la table des buveurs, mais Lawrence n'écoutait pas. Il n'entendait que le silence à sa propre table, cependant que Hagen aspirait et exhalait la fumée, l'œil toujours braqué sur lui. Il finit par dire :

– Un drôle de truc, avec la maladie de foie, c'est qu'elle n'affecte que la digestion. Tout le reste fonctionne normalement. A part mon foie, je suis en pleine forme.

Lawrence secoua sa cendre dans la tasse vide.

– En pleine forme, fit Hagen. Elle s'en est rendue compte ce soir...

Le silence retomba. Lawrence essayait de ne pas regarder Hagen, mais les yeux de Hagen l'attiraient malgré lui comme des aimants. Lawrence avait beau vouloir tourner la tête, il n'y arrivait pas. Il entendit Hagen prononcer :

– Et comment, elle s'en est rendu compte ! Et moi, j'ai découvert un drôle de truc. Cette fille, c'est comme une fleur. Une orchidée blanche, voilà ce qu'elle est. J'en ai pourtant eu, des Chinoises, mais aucune qui ressemble à celle-là. Celle-là, elle n'est pas comme les autres...

A ce moment, Bertha vint déposer sur la table, devant Hagen, un verre et un pichet, mais c'était Lawrence qu'elle regardait. Cela dura un instant, un instant impossible à mesurer, un instant qui avait du poids, de la densité. Un instant palpable. Puis cela cessa, et Bertha retourna à son fourneau.

Hagen se gargarisait :

– Exceptionnel, je te dis. La chose que j'avais toujours espérée. Je me suis toujours dit : un de ces jours, je finirai bien par dégotter quelque chose de première classe, l'engin de grand luxe, la fille douce, mince, mignonne, qui sentira la propreté, pure comme une source de printemps, avec un de ces visages comme ils essaient d'en dessiner dans les livres, mais ils n'y arrivent jamais, à reproduire ces visages-là...

Il avala sa salive, se pencha vers Lawrence.

– Et toi ? Son visage, comment tu le trouves ?

Lawrence haussa les épaules. Hagen se pencha plus avant.

– Allez, dis-moi, je veux savoir. Comment tu la trouves ?

– Je ne sais pas, je l'ai à peine vue.

– Tu m'épates, vrai. Un petit visage comme ça, ça se remarque. On ne peut pas faire autrement.

Bon Dieu, ce visage ! Et ce corps ! Tu as remarqué son corps, au moins ?

– Non, je n'ai même pas pensé à regarder cette fille.

A mesure que la tête de Hagen se rapprochait de Lawrence, ses petits yeux semblaient encore rapetisser. En revanche, sa bouche s'agrandissait, devenait un four à l'haleine brûlante. Lawrence eut une vision de dents aurifiées, résultat étincelant d'une demi-finale en six rounds, après la perte du protège-dents, où un violent crochet du gauche avait eu raison de la mâchoire supérieure. Hagen aimait désigner cette denture de remplacement et raconter : « Je n'ai absolument rien senti. Je l'ai poussé dans les cordes, je l'ai descendu d'un direct au cœur, et chacun est rentré chez soi. »

Examinant en gros plan ce visage grimaçant, Lawrence distingua la marque rouge d'un coup de dent, se détachant sur le rose grisâtre des lèvres épaisses. La cicatrice était fraîche, encore humide, et avec une nausée il s'imagina Hagen écrasant sa bouche lippue contre celle de la jeune fille, qui l'avait mordu, unique défense dont elle fût capable.

– C'est hier que je l'ai vue pour la première fois, dit Hagen. Elle sort de cette blanchisserie chinoise, des livres à la main. Moi, je me dis « je rêve » et je regarde mieux. Elle est vraie, parole. Bien réelle, et elle se promène, tranquille comme un petit canard sur une rivière... Moi, j'en ai tout de suite plein la tête, et je me mets à la suivre, en me sentant tout drôle à l'intérieur, parce que tu comprends, de toute ma vie, je te jure que je n'ai jamais vu quelqu'un de comparable. Je la suis jusqu'à l'arrêt du tramway, et la voilà qui monte dans le tram, et moi j'ai l'impression de dégringoler du dixième étage. Quelle chute ! Puis je me dis que je suis un con, que j'aurais dû au moins me douter qu'elle était seulement de passage, qu'elle ne peut pas être une fille de Ruxton... Alors je me dis que je ferais aussi bien de l'oublier. Mais je n'ai pas pu fermer l'œil de la nuit. J'ai bien dû lire une douzaine de journaux et boire dix litres de flotte. Et puis ce soir, je me balade dans la Septième, et je l'aperçois, dans un tram. C'est bien elle, impossible de me tromper ! Le tram s'arrête, elle descend, alors quand je vois quelle direction elle prend, je prends une bonne avance. Alors, quand elle traverse la Sixième, moi, je suis là, à l'attendre dans l'impasse. Pose le verre, Bertha. Ne lui donne pas de café, juste la gnôle. Enlève-moi ce café !

– Peut-être qu'il a vraiment envie de café, fit Bertha.

– Il boira ce que je lui dis de boire, voilà tout. Enlève-moi cette saloperie de café.

Bertha posa le verre, un verre à eau rempli presque à ras-bord d'un breuvage incolore. Avec une sorte d'hésitation, elle le fit lentement glisser sur la table jusqu'à ce qu'il fût devant Lawrence. Puis elle remporta le café, et le vida dans l'évier. Hagen poursuivait :

– Alors je suis là, à l'attendre, quelques pas en retrait de manière qu'elle ne puisse pas me voir. J'entendais son pas qui s'approchait, et c'était comme de la musique, une petite chanson chinoise sautillante... délicate, tu vois ?... Je suis immobile, mort d'impatience, et puis tout d'un coup elle passe à ma hauteur, alors je sors de mon trou, je l'attrape, je la prends sous mon bras et je l'entraîne dans l'impasse. J'ai une main sur sa bouche, et mon autre main écrase une brassée de pétales de fleurs, tu vois ce que je veux dire ? Des lys froissés... Au fond de l'impasse, j'ôte ma main de sa bouche pour voir si elle va crier, mais non, elle se contente de me regarder, dans la lumière de la lune, comme si la lune n'était là que pour éclairer son petit visage et rien d'autre au monde... Oui, elle me regardait sans dire un mot. Mais sa bouche était entrouverte, et je voyais ses dents comme des perles et ses lèvres qui sentaient la framboise. Il fallait que j'y goûte, là, tout de suite !... J'ai posé une main derrière sa nuque, j'ai soulevé son visage jusqu'à ma bouche, et j'ai dégusté ses lèvres... Ah, crois-moi, c'était bien ça ! Le vrai fruit de la passion... C'est là qu'elle m'a mordu, et ça aussi, c'était bon... Je vais te dire ce qui m'a passé par la tête. Si un troupeau de léopards affamés lui avaient couru après, je les aurais affrontés sans problème, pour la protéger. Je te jure que c'est vrai. Parce que cette fille-là était pour moi, pour moi seul. J'avais attendu si longtemps avant de la trouver, je ne voulais plus la perdre ! C'est ce que je lui ai dit, tu vois ? Alors elle a cessé de se débattre, elle a poussé une sorte de petit cri étouffé, comme un oiseau effarouché... Ecoute bien ce que je vais te dire. Je te jure que c'est vrai, si un banquier s'était pointé à ce moment-là et m'avait dit : « Matt, si tu la laisses, je te donne séance tenante sept millions de dollars, » j'aurais refusé net. Aussi vrai que je suis assis maintenant sur cette chaise, j'aurais piétiné tout ce tas de billets. Et tu sais à quel point j'aime le fric. Pour moi, ç'a toujours été primordial, de gagner du fric. Mais là, dans cette impasse, le fric, c'était de la merde. Tout était de la merde, sauf elle. Mais tu ne bois pas, Chet. Allez, lève un peu le coude !

– Ça peut attendre.

– Bois-le maintenant.

– Il n'y a pas urgence.

– Je veux te voir boire !

Hagen parlait dans un chuchotement rocailleux, le visage ruisselant comme s'il venait de l'extraire d'une bassine d'eau. Sa demi-calvitie luisait sous le plafonnier, ses doigts épais parcourant et grattant les emplacements dégarnis, comme s'il labourait son cuir chevelu pour y faire pousser une tignasse de rechange. Les muscles de son visage travaillaient, comme pour en reconstruire les contours. Il dit presque aimablement :

– Je t'en prie, bois. Allez, montre-toi sociable. Fais-moi plaisir, vide ton verre.

Lawrence porta le verre à ses lèvres; dans ce mouvement, il rencontra le regard de Bertha, adossée à l'évier, bras croisés et souriant faiblement. Son message était clair : Tu as réussi à te tenir à l'écart pendant vingt ans, et voilà que tu bois avec Hagen. Au fond, tu es resté un membre de la bande, tu n'as jamais rien été d'autre : rien qu'un voyou de Ruxton Street.

La voix insidieuse de Hagen :

– Très bien, Chet. Bois, maintenant.

Et voilà qu'il le buvait, le mauvais whisky de maïs qu'il n'avait plus goûté depuis certain jour, très lointain, où les gars de la Cinquième Rue en avaient volé un baril et l'avaient vidé dans une arrière-cour tranquille. Il n'en avait pas aimé le goût, mais la chaleur dans son estomac lui avait plu, torche brûlante, signe de rébellion contre toute chose;

il avait dit que la camelote était bonne, qu'il en voulait encore. Maintenant, il sentait la même flamme, la même révolte, mais sans savoir contre quoi ou contre qui. A moins que ce ne fût une façon de signifier à Bertha qu'elle se trompait, qu'un homme pouvait fort bien vivre dans la Rue et même boire son alcool de contrebande sans être pour autant un voyou.

Il avala une nouvelle gorgée, vida le verre à moitié. Hagen le regardait avec une sorte d'affection, presque de la tendresse, comme pour dire : « enfin, te revoilà parmi nous, sois le bienvenu. »

Puis Hagen reprit :

– Alors comme je te le disais, cette petite Chinoise, elle est tout pour moi, maintenant. Rien d'autre n'a d'importance. Je voudrais te faire comprendre que dans ma tête, c'était comme des petites lumières qui s'allumaient dans tous les coins. J'avais envie de me promener avec elle, de l'emmener dans les magasins, de lui offrir des cadeaux. Tout ce qu'elle aurait voulu, je le lui aurais acheté. Tu peux me croire, j'y aurais laissé jusqu'à mon dernier nickel. Même cette montre pleine de rubis qui m'a coûté trois cents tickets, je l'aurais mise au clou. J'ai essayé de lui dire tout ça, tant bien que mal, enfin j'ai fait de mon mieux, mais je pense qu'elle n'a rien compris parce qu'elle s'est mise à courir... Je n'ai pas voulu la poursuivre. Je l'ai seulement suivie de loin, dans Ruxton. Je l'ai vue tomber dans la rue. Ça, ça me remet un peu les idées en place. Je ne peux pas trop me permettre de me montrer dans les parages, mais je ne veux pas qu'elle m'échappe à nouveau, tu comprends ? Alors je traverse la rue, j'essaie quelques portes, j'en trouve une ouverte. Je me planque derrière, en la laissant entrebâillée, de sorte que je puisse observer. Il se passe à peine une minute, et je te vois arriver. Bien sûr, je m'imagine que tu ne vas pas t'occuper d'elle, que tu vas continuer ton chemin comme tu l'as toujours fait, que tu vas rester en-dehors des affaires de Ruxton Street, garder ton nez propre... Macache ! Voilà que tu t'arrêtes, que tu la regardes, que tu lui parles, que tu l'aides à se relever, qu'elle te dégoise des trucs, sans doute qu'elle te raconte ce qui lui est arrivé, qu'elle te donne ma description... J'en avais le foie en révolution, je te jure, des coups de poignard ! Et puis tu es parti. Et moi, je me suis dit qu'il faudrait qu'on cause un peu, toi et moi.

Lawrence leva son verre, le reposa entièrement vide, fit signe à Bertha :

– La même chose.

– Tu aimes vraiment ça ? s'enquit Bertha.

– Evidemment, qu'il aime ça, fit Hagen. S'il n'aimait pas ça, il n'en boirait pas.

– J'en suis moins sûre que toi.

Hagen la regarda avec suspicion :

– Dis donc, ça ne va pas, chez toi ? Qu'est-ce que ça veut dire, toutes ces interruptions ?

– C'est un pigeon, fit Bertha. Je me méfie toujours des pigeons.

Hagen en resta bouche bée, puis à Bertha :

– Toi, tu vends à boire. Les pigeons, laisse-moi m'en occuper, tu veux ?

Bertha s'éloigna, emportant le verre vide. Lawrence la regarda, tandis qu'avec une lenteur délibérée, elle saisissait une bouteille sur l'étagère, la débouchait et versait l'alcool. Elle déposa le verre sur la table sans plus regarder Lawrence. Il la sentit sur le point de parler, mais elle se contenta de répondre à un consommateur de la table voisine qui disait :

– Deux bouteilles, Bertha. Et du costaud, cette fois. Ce soir, j'ai envie de me cuiter rapidement.

– Tu es déjà cuit.

– Oh, charrie pas, je commence à peine.

– Tu es plein comme un boudin. Le whisky que je t'ai donné ne te fera pas grand'mal, mais l'autre, tu n'en auras pas. C'est du tord-boyaux.

– Oh, ça va. J'ai de quoi payer.

– Garde ton fric. Mon boulot, c'est de te soûler, pas de t'envoyer au cimetière.

Il écoutait ce dialogue avec attention, cherchant à oublier qu'il buvait avec Hagen. Il voulait se persuader qu'il était juste entré par hasard, comme un touriste désireux de s'encanailler dans Ruxton Street. Il s'en était presque convaincu quand il reconnut le cardigan vert clair et les yeux d'onyx de Pancho qui s'approchait de la table. Pancho s'assit auprès de Hagen, qui lui demanda :

– Comment ça s'est passé ?

Pancho demeura immobile et silencieux, le regard posé sur Lawrence.

– Tu peux parler, c'est un ami. Il est régulier. C'est Chet, un vieux copain de la belle époque.

– Je ne le remets pas, fit Pancho. Qu'est-ce qu'il maquille ?

– Il est ouvrier, ça ne se voit pas ? Il bosse dans les chemins de fer, comme soudeur de rails.

Les yeux d'onyx fixaient toujours Lawrence.

– Et à part ça, il fait quoi ?

Hagen eut une grimace d'impatience.

– Rien, je te dis. Arrête de l'énerver, il est régulier.

– J'aimerais bien m'en assurer.

– Moi, j'en suis sûr.

– Tu en étais moins sûr tout à l'heure.

– Eh bien maintenant, j'en suis sûr ! Ça te suffit ?

Pancho haussa les épaules et les coins de sa bouche s'affaissèrent un peu.

– Tu connais cette rue mieux que moi. Si ce mec est réglo, on lui fout la paix. Tu prends tes responsabilités, voilà tout.

Tourné vers Lawrence, Hagen lui adressa un sourire gras et humide.

– Réponds-lui toi-même, Chet. Tu es un donneur ou pas ?

– Voilà une bonne question, fit Lawrence en regardant Pancho. Je ne suis pas venu ici pour chercher des histoires. Je suis assis tranquillement, je bois un verre et c'est tout. Tu veux que je change de table ?

Pancho haussa les épaules une fois de plus, et Hagen dit :

– Reste où tu es, Chet. Avec moi et Pancho. Au fait, je te présente Pancho, mon associé en affaires. Un garçon très capable, très efficace. Un homme d'action... Très rapide. Une vraie mitrailleuse. Mais une mitrailleuse qui ne fait pas de bruit. On ne s'imagine pas de quoi il est capable. Un bon vendeur, aussi. Il serait capable de vendre de la neige aux Esquimaux.

– Oh, ça va ! lança Pancho. Arrête de faire l'article, ça me casse les pieds.

Hagen pouffa.

– Tu ne supportes rien ! Le Grand Pancho, dit « Droit-au-but » !... Allez, fais-lui une démonstration.

– Pas maintenant.

– Je tiens à ce qu'il voie ça. Allez, montre-lui !

Hagen se leva.

– Tiens, Chet, regarde là-bas, contre le mur, derrière le fourneau. Tu vois ce cafard ?

Il s'agissait bien d'un gros insecte à la carapace noire et brillante, qui grimpait lentement en direction d'une fissure. Hagen prévint Lawrence :

– Regarde bien, maintenant, regarde ce qui va se passer quand il arrivera au trou.

La blatte n'était plus qu'à un centimètre de son trou. Pancho ne regardait pas dans cette direction. Adossé, il examinait ses ongles. Lawrence vit l'insecte arriver à la fissure, commencer à s'y introduire, et soudain, comme une unique goutte de pluie se détachant d'un nuage, un éclair d'acier traversa la vaste cuisine, et une lame étroite trancha l'insecte en deux parties rigoureusement égales. Le seul bruit fut semblable au léger tapotement d'un ongle sur un morceau de bois. Le seul mouvement fut celui des deux moitiés du cafard tombant sur le sol, la vibration légère du poignard. Le tout avait duré une fraction de seconde, et quand Lawrence tourna la tête, il découvrit Pancho dans la même position, toujours occupé à regarder ses ongles.

– C'est pas croyable, disait Hagen. Je n'en crois jamais mes yeux, et pourtant c'est vrai.

Quittant sa place, il alla jusqu'au mur, en arracha le poignard et revint à table. Lawrence constata qu'il s'agissait d'un couteau à cran d'arrêt très étroit, dont la lame ne dépassait pas six centimètres. Pancho tendit la main, et l'objet disparut comme par magie.

– Il l'a mis dans sa poche, expliqua Hagen. Il a refermé la lame et l'a mis dans sa poche. Si ce n'est pas de la sorcellerie, moi je ne sais pas ce que c'est !

Pancho allumait une cigarette avec une sorte de gaucherie; il dut s'y reprendre à deux fois pour approcher la flamme du tabac. On aurait dit qu'il venait de dépenser en une seule fois toute sa réserve de rapidité et de précision.

Hagen disait à Pancho :

– Tu peux parler, maintenant. Je te prouverai que mon bon vieux copain d'enfance n'est pas un mouchard. En tout cas, il ne dira rien maintenant. Ce pauvre petit cafard lui a expliqué tout ce qu'il avait besoin de savoir.

Il tapota l'épaule de Lawrence :

– Pas vrai, Chet ?

Lawrence ne répondit pas. Quelque chose lui brûlait les lèvres, et il se rendit compte qu'il buvait un autre verre d'alcool.

– V –

Pancho parla alors, d'une voix feutrée, mesurée pour ne pas porter plus loin que la table :

– Tout ira bien. Ca va se passer exactement comme tu veux. Avant qu'il fasse jour, la fille sera à toi. Mais je te préviens, Matt, je t'en prie, n'essaie pas de modifier mon plan. Ca m'énerve toujours, quand tu me fais des suggestions. Dans un coup comme celui-ci, le facteur temps est primordial. Tout doit être réglé au chronomètre, fais-moi confiance sur ce point. Mais il y a autre chose : ce coup doit rester en-dehors de nos affaires. C'est une faveur personnelle que je te fais.

– Je t'en suis reconnaissant, dit Hagen.

– J'espère bien, Matt. Mais je ne me contenterai pas d'un merci. J'espère que tu me prouveras ta générosité...

– Mais bien sûr ! Tout ce que tu voudras, n'importe quoi. Dis ce que tu veux.

– Je voudrais une voiture, dit Pancho.

Un silence tomba. Hagen s'éloigna de Pancho, l'examina de son œil perçant, puis se livra à une série d'oscillations. Il frictionna sa calvitie luisante de ses doigts boudinés.

– Une automobile, reprit Pancho. Une grosse, Matt. J'ai toujours aimé les grosses bagnoles.

Hagen se dandinait sur son siège, comme s'il était assis dans un buisson d'orties. Pancho dit encore :

– Je me fous de la marque pourvu qu'elle soit grosse, et d'une jolie couleur. Tiens, j'aime le vert. Une auto vert pâle... Une belle grosse voiture vert pâle...

– Mais c'est beaucoup de fric. Des milliers de dollars !

– Tu m'as demandé ce que je voulais, alors c'est ça que je veux. La bagnole de grande classe. J'en ai ma claque des taxis pouilleux.

– Mais tu n'as même pas ton permis de conduire !

– Je le passerai. Tu me donneras des leçons.

Pancho souriait aux anges; il était déjà en train de conduire sa voiture. Posant les mains sur un volant invisible, il le tourna d'un côté, de l'autre, puis, appuyant sur un bouton imaginaire, imita le hurlement d'un klaxon, l'air heureux comme un enfant sous l'arbre de Noël.

– Bordel de Dieu ! fit Hagen.

Pancho exécuta un virage harmonieux, klaxonna à nouveau, puis après avoir brûlé un feu rouge, la grosse voiture prit de la vitesse.

– Ca va, ça va ! éclata Hagen. Tu auras ta voiture. Mais seulement une fois que j'aurai la fille pour de bon, bien emballée et avec certificat de garantie.

Pancho lâcha son volant, cessant de sourire.

– Quelle garantie ?

– Qu'elle restera.

– Combien de temps ?

– Toujours.

Une fois de plus, Hagen pivota sur sa chaise pour faire face au centre de la table. Ouvrant et fermant la bouche, il se mit à déglutir de l'air, comme si l'air était un sirop dont il tentait de reconnaître le goût exact.

– Ça doit être définitif, tu comprends. J'ai trop attendu ce moment. Longtemps, bien trop longtemps. J'ai bien mérité d'en profiter, et que rien au monde ne vienne m'en priver.

Il jeta un coup d'œil vers Lawrence :

– Rien ni personne, tu entends ?

Lawrence buvait son whisky de maïs. Il opina négligemment. Hagen se tourna vers Pancho :

– Affaire conclue ?

– Pas si vite. Je n'accepte pas cette clause de permanence. La seule chose à quoi je m'engage, c'est de t'amener la fille et d'emmener la bagnole. C'est comme ça que je traite le marché. Je te l'apporte, et ensuite tu t'en occupes à ton idée.

– Pas question ! fit Hagen. Ca ne marche pas. Voilà comment ça se passera : tu me l'amènes, tu vois, et dès que je l'ai, toi tu as une belle grosse bagnole verte assortie à tes fringues. Si je perds la fille, tu perds la voiture.

– Et si elle meurt ?

– Elle ne mourra pas.

– Elle peut essayer de se suicider.

– Elle ne fera pas ça.

– Je crois que oui, ricana Pancho.

– Elle n'en aura jamais l'occasion. Je vais engager une femme qui ne la quittera pas d'une minute.

Pancho tira délicatement sur sa cigarette.

– J'attache beaucoup de prix à cette voiture, je ne veux pas la perdre, aussi excuse-moi si j'examine tout point par point. Tu me racontes que tu ne laisseras pas cette fille se supprimer. Bon, mais toi, Matt, tu fais parfois de drôles de trucs. Tu pourrais très bien lui flanquer une correction, et peut-être qu'elle en mourra... Ça s'est déjà vu.

– Non, grommela Hagen.

Mais son ton semblait moins convaincu quand il ajouta :

– J'essaierai de ne pas lui faire de mal.

A tâtons, il saisit le pichet et remplit son verre d'eau glacée. Il but longuement, s'essuya les lèvres du bout des doigts.

– Je vais te dire comment on va s'arranger. Une garantie d'un mois. Si la fille dure un mois, tu gardes la bagnole.

Pancho réfléchit un moment, puis :

– C'est déjà mieux. Un mois... Oui, ça me convient. Marchons comme ça.

Hagen secouait lentement la tête. Il murmura :

– Un mois. Trente jours. Ou trente-et-un... Un mois...

Il parut s'affaisser. Sa voix exprima une profonde tristesse.

– C'est si court, un mois... Un petit mois solitaire, perdu au milieu des autres dans l'éternité...

L'Antillais éclata de rire. Hagen lui lança :

– Tu n'as pas de cœur, espèce de salopard !

Il ne s'adressait pas à Pancho en particulier. Il semblait se parler à lui-même :

– Peut-être que ça durera plus d'un mois. Peut-être qu'elle s'habituera à moi, qu'elle finira par m'aimer un peu, qu'elle voudra vraiment rester avec moi. Je ferai de mon mieux pour être tendre avec elle. Comme pour une fleur. Comme si je touchais une fleur...

Il interrogea Pancho :

– Quel est ton plan ?

– C'est une opération délicate, toute en douceur. J'ai été repérer la blanchisserie, puis je suis rentré. Je me suis fait passer pour un avocat. Je lui ai dit que j'avais entendu parler de ce qui lui était arrivé, et lui ai proposé mon aide, à titre gratuit. Son oncle était monté dormir, nous étions seuls, elle et moi. Elle n'avait encore rien dit à son oncle; je lui ai dit qu'elle avait eu raison. Je lui ai bien recommandé de ne rien dire à personne, surtout pas à son oncle. Puis je l'ai mise un peu au courant des habitudes de cette rue, et des risques qu'elle courait si elle s'adressait aux autorités. Je lui ai raconté l'histoire d'une femme qui s'était fait violer l'année dernière et avait commis la bêtise d'appeler les flics, et comment, un mois plus tard, on avait mis le feu à sa maison et elle, son mari et leurs trois gosses avaient cramé.

Hagen pouffa doucement.

– Ce n'était pas une histoire.

– Bien sûr que si, j'ai tout inventé.

– Que tu crois, mais c'est arrivé pour de bon. Seulement, ce n'était pas l'année dernière, il y a plus longtemps que ça. Ce n'était pas le mari mais le père, et des gosses, il y en avait quatre. Ça s'est passé tout près de Ruxton, dans la Sixième.

– De toute façon, la fille a semblé très impressionnée. Je lui ai dit que je reviendrais un peu plus tard lui proposer un plan d'attaque.

Il jeta un coup d'œil à sa montre :

– Minuit moins dix... Disons une heure. Attends-moi chez toi à une heure pile. Je viendrai avec la fille.

– Et son oncle ?

– T'inquiète pas pour l'oncle.

Hagen fronça les sourcils.

– Ils sont malins, ces Chinagos. Comment vas-tu le manipuler ?

– Je t'ai dit de ne pas t'inquiéter. Ton unique sujet d'inquiétude, c'est de m'acheter une voiture.

Pancho se leva gracieusement, caressa le devant de son cardigan vert clair.

– Une belle grosse voiture de la même couleur que ma veste.

Pancho sortit. Lawrence portait à ses lèvres son verre presque vide; il interrompit son geste pour écouter le pas s'éloigner, la porte de la maison se fermer. Alors seulement il posa le verre.

– Finis-le, dit Hagen.

Il secoua la tête.

– Vas-y, bois-le. Je t'en paierai un autre.

– Laisse tomber, murmura Lawrence, ce n'est pas nécessaire.

– Moi, je suis sûr que oui. J'appelle Bertha. Elle va t'en servir un.

– Tu auras gaspillé ton fric. Je ne serais plus là pour le boire.

– Tu t'en vas maintenant ?

– Oui.

– Moi, je dirais que non, fit Hagen.

Lawrence défia l'énorme type :

– N'essaie pas de me retenir, Matt, tu n'y arriveras pas.

Dans une grimace, Hagen dit avec une gentillesse glacée :

– Ce n'est pas une façon de parler. Surtout entre vieux amis comme nous.

– Ça, c'est toi qui le dis.

Il parla distinctement, et son articulation lui fit comprendre qu'il n'était pas ivre; il avait juste bu assez d'alcool pour lubrifier son cerveau et le mettre en prise, de sorte qu'il pesait chacune de ses paroles. En parlant, il s'adressait autant à lui-même qu'à Hagen :

– Nous n'avons plus rien à nous dire. Tu as donné ton point de vue, moi le mien. Nous savons l'un et l'autre que je n'ai absolument rien à voir avec le coup que tu mijotes.

– Quel coup ?

– Je ne sais pas exactement. Une histoire d'automobile, je crois.

– Et quoi d'autre ?

– Je ne me suis pas donné la peine d'écouter.

– Tu parles que si ! C'est uniquement pour ça que je t'ai gardé ici avec moi ! Je tenais à ce que tu m'écoutes. De la même façon que tu as écouté la fille quand elle t'a raconté ce que je lui avais fait.

– Elle ne m'a rien dit. Je ne lui ai rien demandé. Et je ne t'ai pas demandé non plus de m'offrir à boire.

– Qu'est-ce qu'il y a de mal à t'offrir à boire ?

– Rien. C'est sans importance. Maintenant, je n'ai plus soif et je rentre.

– Pas encore.

Lawrence posa les mains d'abord sur ses cuisses, puis les laissa pendre de part et d'autre de la chaise.

– Si tu as encore quelque chose d'important à dire, accouche, et ensuite je m'en vais.

L'énorme type prit le temps de se verser un nouveau verre d'eau, de la boire lentement, puis il fit tourner les cubes de glace dans son verre, les observant et murmurant :

– L'ennui avec toi, Chet, c'est que tu me poses un problème. J'ai besoin d'être sûr que tu fermeras ta gueule.

– Si tu n'en es pas sûr maintenant, tu ne le seras jamais.

Hagen hocha la tête dubitativement.

– C'est bien ce qui m'embête. Je pensais que si tu venais à mon rendez-vous ici ce soir, ça suffirait, et tu es venu. Mais je savais qu'il en faudrait davantage, alors je t'ai montré ce que Pancho savait faire avec une lame. Apparemment, ça non plus n'a pas suffi : je ne suis toujours pas tranquille.

Lawrence eut un sourire glacé :

– Moi, je n'y peux rien.

– Mais moi, je peux y faire quelque chose. Je n'en ai acune envie. Je te jure que ça ne me fera aucun plaisir. Mais vu la façon dont les événements se produisent, je vais bien être obligé de m'y mettre.

Il avait parlé d'un air soucieux, en fronçant ses épais sourcils. Dans ses yeux se mêlaient cruauté et regret. Lawrence se leva :

– Salut, Matt.

Les yeux de Hagen lui demandaient de s'asseoir, le suppliaient d'avoir peur. Hagen rentra le ventre, gonflant sa poitrine. Puis Lawrence tourna les talons sans plus regarder Hagen. Il vit d'autres visages se tourner vers la table lorsqu'un poing s'abattit sur elle. Il entendit le colosse rugir :

– Reviens ici et assieds-toi !

Il continua de marcher vers la porte menant au salon, entendit derrière son dos le double vacarme d'une chaise renversée et d'un pichet se brisant sur le sol. Dans le silence soudain, il sentit un fil se tendre au plus profond de lui, le fil ténu du calme, de la raison, de la prudence, de tout ce qui rendait un homme normal. Puis, quand il entendit le colosse s'approcher lourdement, le fil se rompit net, et il pivota juste au moment où Hagen se jetait sur lui.

Les joueurs de poker se dispersaient en vitesse, redoutant quelque mauvais coup. Quelques-uns des ivrognes abandonnaient leurs verres pleins. Quelques autres au contraire s'installaient, comme aux fauteuils de ring. L'un d'eux remarqua :

– Ce ne sera pas long.

Un autre commenta :

– Tu as déjà vu Hagen se battre ? C'est quelque chose !

– Un taureau. Il est bâti comme un taureau !

– Ne restez pas là, dit Bertha. Ramassez vos verres et faites de la place.

Instantanément, tables et chaises furent entassées du même côté de la pièce, tandis qu'à l'autre extrémité Lawrence expédiait des gauches au visage de Hagen, reculait, esquivant crochets du gauche et directs du droit. Il n'avait pas encore été touché, et pensait : tu mesures un mètre soixante-dix-huit, lui un mètre soixante-quinze, tu es supérieur en allonge, cramponne-toi à cet avantage.

Mais simultanément, il encaissa un direct du gauche en plein front et pensa : tu pèses quatre-vingt-dix kilos et ce salaud plus de cent vingt, et même avec tout son lard il est souple comme un chat, essaie de rentrer dans sa défense...

Il passa sous un crochet, et percuta des deux poings la bedaine de Hagen. Celui-ci essaya de le ceinturer, mais il esquiva d'un glissement de côté, décochant un uppercut qui atteignit le menton de Hagen, puis doubla d'un court crochet du gauche, puis du droit, du gauche encore, et vit du sang jaillir des lèvres de son adversaire. Hagen accusa encore un dur crochet au menton. Alors Lawrence pensa : ça y est, je l'ai eu, il va tomber.

Il poursuivit son avantage, et mit toute sa force dans un direct au plexus. Il entendit le gémissement rauque, la respiration sifflante, et vit Hagen se plier en deux, les coudes repliés pour tenter de protéger sa panse. Il se rua en avant, pilonnant du droit, et se dit que c'était la fin. Mais à cet instant même Hagen récupéra, et réussit à l'empoigner, l'attira à lui en l'écrasant entre ses bras puissants, puis, le relâchant, le repoussa de sa main ouverte, juste assez pour le frapper d'un crochet du gauche. Il le frappa avec une force terrible. Lawrence sentit ses pieds quitter le sol, ses bras battant l'air de façon dérisoire. Dans sa trajectoire, il heurta une table, glissa dessus, parvenant à rouler sur le flanc en atteignant le sol. Il distingua Hagen qui venait sur lui; au lieu d'essayer de se relever, il plia les jambes en faucille, fauchant le colosse aux chevilles. Hagen s'écroula sur le côté. Lawrence bondit sur ses pieds, recula et lui flanqua un coup de pied dans les côtes.

– Des coups de pied ? rugit Hagen. On donne des coups de pied !

Lawrence doubla la dose.

Hagen toussa, réussit à éviter un autre coup

de pied, gagnant la partie de la pièce libre de meubles et de spectateurs. Il se mit à sautiller, frappant ses poings l'un contre l'autre, retrouvant un comportement professionnel et apparemment ravi de la façon dont le combat se déroulait. Souriant à Lawrence, il lui fit signe d'approcher. Lawrence empoigna une bouteille, visa et la lança. Le projectile à-demi plein de tord-boyaux atteignit Hagen à l'épaule, puis rebondit. Hagen continua de sourire et de provoquer Lawrence.

Lawrence tentait désespérément de dissiper les effets du crochet reçu. Sa tête résonnait de coups de marteau. Il lui semblait qu'un tisonnier rougi au feu lui transperçait le cerveau. Il distinguait vaguement les ivrognes et les joueurs de poker qui le regardaient, attendant qu'il s'écroule. Il songea qu'il ferait mieux de tomber, et de cesser toute cette vaine comédie, coups de pied et coups de bouteille.

Alors il aperçut Bertha. Une main sur la hanche, elle lui faisait de l'autre signe de s'allonger, d'abandonner.

Il commença de tomber, soulagé de savoir que c'était fini, qu'il n'encaisserait plus de coups. Il tombait avec une lenteur irréelle, la tête ballante, les membres mous, voyant le sol se rapprocher de plus en plus. Puis il entendit le rire.

Quand il l'entendit, ses yeux étaient clos. Et le son, bizarrement, semblait provenir de derrière Hagen, comme si une force mauvaise stimulait Hagen, l'obligeait à rire, de sorte que ce rire, bien que sortant de la bouche de Hagen, était une rumeur venant de la Rue. C'était la voix de Ruxton Street, qui se moquait de lui et disait : tu as raison d'avoir peur. La seule façon de survivre, c'est d'avoir peur de moi.

Mais alors il perçut la voix d'une autre rue, ou peut-être venait-elle d'une prairie, quelque part, ou peut-être du ciel bleu. Mais d'où qu'elle vienne, elle disait : si tu abandonnes maintenant, si tu te laisses tomber, tu tomberas plus bas que le sol, beaucoup plus bas encore...

Il se releva. Il tituba vers Hagen, les mains hautes, les doigts crispés redevenus des poings, non plus de la chair morte. Il voyait Hagen ramassé sur lui-même, aux aguets, son rire figé, le jaugeant. Il s'avança lentement, le bras gauche tendu, comme un boxeur en observation. S'approchant de Hagen, il lui expédia une droite au menton. Hagen accusa le coup d'une flexion du torse. Puis il riposta d'un coup sur la pommette; Lawrence atteignit Hagen au cœur, Hagen le pilonna d'une gauche à la mâchoire, qu'il contra d'un uppercut au menton. Hagen recula, feinta du gauche, puis n'utilisant que son gauche comme un marteau-pilon, sembla l'expédier partout à la fois et finit par l'asséner en pleine face de Lawrence. Les lumières du plafond passèrent par toutes les couleurs de l'arc-en-ciel, puis une main invisible les éteignit.

– VI –

Pour la cinquième ou la sixième fois, il reprit conscience, ouvrit les yeux et essaya de percer l'obscurité, mais se sentit couler à nouveau dans le néant. Cela dura peut-être une vingtaine de minutes, au bout desquelles il refit surface. Ses yeux clignèrent douloureusement dans la lumière crue d'une lampe placée auprès du lit sur lequel il gisait. Se soulevant sur les coudes, il constata qu'on lui avait ôté ses chaussures. Puis il vit qu'on avait déboutonné sa salopette, et sentit de l'humidité sur sa poitrine nue. Il comprit qu'on avait dû l'asperger d'eau. Il se demanda combien de temps avait duré sa perte de conscience. Il acheva de s'asseoir, avisa une pendule posée sur une commode, et la pendule indiquait quatre heures moins vingt.

Il grimaça. Presque quatre heures de néant. Puis de vagues souvenirs lui revinrent, on le soulevait, on le portait, on lui parlait, on lui faisait ingurgiter de l'alcool. Il projeta ses jambes en-dehors du lit. Quand ses pieds touchèrent le sol, il n'en sentit pas le contact. Du coup, il craignit d'être gravement blessé. Mais en quittant le lit, en se tenant debout, puis en chancelant en direction de la commode, il sentit son énergie lui revenir, ses idées reprendre leur place.

Face au miroir de la table de toilette, il se vit moins abîmé qu'il ne le craignait. Il avait une entaille sur le front, un hématome violet au-dessus de l'œil droit, une coupure sur la lèvre. Le côté droit de sa mâchoire était tuméfié, mais légèrement, et il sut que que ce n'était pas son menton qui avait le plus souffert des coups. Le menton avait subi l'impact, mais toute la force s'était répercutée dans son cerveau. Portant les mains à ses tempes, il palpa sa boîte crânienne, à la recherche de contusions. Puis il se demanda comment il s'appelait, se fournit une réponse satisfaisante, et commença à se dire qu'il s'en tirait plutôt bien. Pas de contusions internes, aucun os brisé, toujours capable d'y voir des deux yeux et de respirer par le nez. Il adressa une grimace au visage dans le miroir, et traita le visage de veinard.

Mais une seconde plus tard, tout redevint flou et le plancher commença d'onduler. Il regagna le lit tant bien que mal, en titubant, et tomba dessus nez en avant. Il s'attendait à s'immerger à nouveau, mais se contenta de flotter. Il se laissa dériver un long moment, puis ses muscles obéirent à son cerveau, et il réussit à trouver ses cigarettes, ses allumettes, à se replacer sur le dos et à fumer. Il aspira de longues bouffées, et en était à la moitié de sa cigarette quand la porte s'ouvrit et Bertha entra.

Après un bref regard dans sa direction, elle alla prendre sur un meuble un petit flacon de sels. Lawrence secoua la tête :

– Je n'ai pas besoin de ça. Je vais très bien, maintenant.

– Ça, c'est ce que tu imagines. Aspire fort.

Il porta la bouteille à ses narines et inhala. Les vapeurs pénétrèrent dans ses sinus, et il sentit des ombres se dissiper comme nuées au vent. Assise sur le bord du lit, Bertha prenait une de ses cigarettes. Il demanda :

– C'est ta chambre ?

– Oui.

Il examina les murs fraîchement tapissés, les rideaux empesés.

– C'est bien installé. Tout est propre.

– J'aime que tout soit propre, ici.

Les yeux de Bertha allèrent de la salopette crasseuse aux taches de graisse et de sang sur la literie. Il avait suivi son regard.

– J'ai saigné tant que ça ?

– Tout ce sang, c'est celui de Hagen. C'est lui qui t'a tansporté ici.

– Ce n'est pas vrai !

– Par pure amitité. Tu ne te rappelles donc pas que tu es son vieux copain ?

– Ouais, je sais. Mais de là à me monter ici... Je me demande bien pourquoi.

– Il voulait encore te parler. En privé. Rien que lui, toi et l'infirmière.

– Quelle infirmière ?

– Moi. Je t'ai jeté un seau d'eau, et t'ai donné du whisky.

– Et qui m'a retiré mes chaussures ?

– Moi aussi. Le lit était déjà suffisamment sale.

Elle le surprit à secouer sa cendre sur le sol.

– Arrête. Fais ça chez toi si tu veux...

– Depuis quand es-tu si pointilleuse ?

Sans répondre, elle saisit un cendrier sur la table de nuit et le lui tendit.

– Qu'est-ce qui s'est passé ici avec Hagen ? J'ai parlé ?

– Tu as dit plusieurs petites choses.

– Lesquelles ?

Bertha haussa les épaules.

– C'était tellement confus que je n'ai pas réussi à comprendre.

Au bout d'un instant, il insista :

– Allez, raconte.

A nouveau, elle haussa les épaules.

– Comme tu voudras. Ne me dis rien. Hagen sera plus bavard.

– Ne t'approche plus de Hagen, fit-elle durement.

– C'est un excellent conseil, mais qui ne sera pas facile à suivre. A partir de maintenant, il va me tenir à l'œil. Il ne me lâchera pas d'une semelle.

– Il te foutra la paix.

– Qu'est-ce que tu en sais ?

– Il est satisfait maintenant. Il sait que tu ne lui causeras pas d'ennuis.

– Comment peut-il en être sûr ?

– C'est quelque chose que tu as bafouillé dans ton coma.

Il attendait la suite, avec un sourire froid.

– Tu l'as supplié de ne plus te frapper. Comme si tu t'étais mis à genoux devant lui, comme si tu rampais. Tu l'as imploré, et supplié.

Lawrence se raidit, un goût amer dans la bouche.

– Qu'est-ce que tu racontes ?

– Ce que tu m'as demandé, rien d'autre. Tu insistais pour savoir, alors je te renseigne.

– Je ne peux pas le croire !

Se levant, Bertha alla jusqu'au miroir et arrangea ses tresses rousses. Puis elle appliqua du rouge sur ses lèvres.

– Si tu ne t'étais pas humilié, tu ne serais pas en train de fumer ta cigarette en ce moment. Tu serais sous six pieds de terre, ou au fond de la rivière, ou ficelé sur les rails du chemin de fer. Mais il se trouve que tu as rampé, que tu as pleuré, que tu l'as supplié de t'épargner. Et c'est exactement ce qu'il souhaitait entendre. Il voulait te flanquer une frousse salutaire.

– Il ne me fait pas peur !

Elle le regardait dans le miroir.

– Pour l'amour de Dieu, Lawrence, décide-toi à grandir ! Arrête de parler comme un gamin dans la cour de l'école !

– Je te dis qu'il ne me fait pas peur.

– Alors, fais-toi examiner la tête aux rayons X ! Tu as quelque chose de détraqué dans le cerveau, parole !

Pivotant, elle lui fit face.

– Essaie de m'écouter attentivement, pour une fois. Ce Hagen n'est plus celui que tu as connu autrefois, un magouilleur comme tant d'autres. Ce Hagen-ci est un abattoir ambulant !

– Oh, la barbe avec ça !

Il se levait.

– Reste où tu es !

Il avait presque atteint la porte. Bertha courut s'y adosser.

– Laisse-moi passer.

– Lawrence, je t'en prie...

– Tire-toi, bon Dieu ! Je ne le répéterai pas.

– Tu es encore groggy. Tu ne tiens pas sur tes jambes.

– Je tiendrai debout assez longtemps pour aller dire à ce fumier que je ne me mets pas à genoux !

L'empoignant par les épaules, il s'efforça de l'éloigner de la porte.

Elle se laissa faire, immobile, les bras ballants. Lawrence ouvrit la porte. Quand il voulut sortir, elle le retint, lui enserrant la taille.

– Non, cria-t-elle. Je déteste les enterrements !

D'une poussée, elle le renvoya dans la chambre et claqua la porte. Il s'arracha à son étreinte, saisit la poignée de la porte. Elle ferma le poing, le regarda, puis renonçant à son idée, rouvrit la main. Sa paume s'abattit sur la joue de l'homme, qui chancela, alla heurter le mur. Elle le gifla encore, furieusement. Il vacilla, étourdi, hébété, et elle frappa une fois de plus, grinçant :

– Si tu veux tellement te battre, tape-moi dessus.

– Ce n'est pas une mauvaise idée.

Il voulut lui lancer un coup de poing, et la manqua. Sur le point de recommencer, il renonça, car il se savait capable de lui fracturer la mâchoire. Après tout, pourquoi hésiter ?Il se rappela toutes les fois où il avait eu envie de le faire, pour le plaisir de voir cette traînée de bas-étage avec un plâtre autour du cou. Cependant, elle le giflait encore. Elle était forte, et une fois de plus, des nuages gris se mirent à tourner devant ses yeux. Il parvint à murmurer :

– J'ai besoin de prendre l'air.

– Tu vas rester ici.

Elle y mit toute sa hargne, et, perdant l'équilibre, il s'affala sur le lit.

Bien que ses yeux fussent grands ouverts, il voyait trouble, et les petits nuages tournoyaient de plus en plus vite. Des anneaux invisibles entouraient ses poignets et ses chevilles, l'enchaînant au lit.

Bertha le dominait, haletante, les cheveux en désordre, les mains sur les hanches.

– Et maintenant ? Tu veux toujours te battre ?

– Je veux sortir.

– D'accord. On va sortir ensemble.

– Tous les deux ? Toi et moi ?

– Parfaitement. Allez, lève-toi, nous allons faire une petite promenade.

Le saisissant sous les aisselles, elle le souleva du lit. Il tomba à genoux, et Bertha poussa un juron. Elle voulut le tirer, il résista et tout à coup tomba à plat-ventre. Bertha jura de plus belle. A force de tractions et de poussées, elle parvint à le remettre sur ses pieds. Ils s'éloignaient du lit, mais en direction de l'autre porte, et quand Bertha l'ouvrit, Lawrence vit le carrelage blanc, le lavabo et la baignoire. Il voulut battre en retraite, mais Bertha le poussa violemment. Perdant à nouveau l'équilibre, il retomba sur les genoux et regarda le carrelage blanc onduler sous ses yeux comme un bloc de crème renversée. Il perçut un jaillissement d'eau, une voix parlant d'un traitement à l'eau froide. Puis on le fit rouler sur le dos, et il distingua des taches de cheveux roux et de satin pourpre. Il tenta d'accomoder sa vision, essaya de dire quelque chose, voulut lui demander ce qu'elle comptait lui faire car il sentait qu'on lui ôtait ses vêtements.

Il réussit à se soulever sur les coudes; là s'interrompit son effort. On lui ôtait sa salopette, puis ses chaussettes. Comme le caleçon refusait de glisser, elle le déchira, au son de l'eau qui déferlait dans la baignoire.

– Lève-toi. Entre dans l'eau.

Il émit quelques monosyllabes inaudibles. Elle le portait presque.

– Laisse-toi aller. De toute façon, tu avais besoin d'un bain.

Comme il trébuchait, elle le soutint jusqu'à la baignoire, puis l'obligea à y entrer malgré ses protestations. Quand l'eau glacée lui mordit les chevilles, il laissa échapper un cri de douleur. Appuyant de tout son poids, Bertha acheva de l'introduire dans la baignoire, où il demeura assis, les yeux clos, la bouche grande ouverte. La baignoire acheva de se remplir, et Bertha ferma le robinet quand le niveau atteignit la poitrine de l'homme.

– Prends ce morceau de savon.

Le savon lui glissa des mains, allant se perdre dans les profondeurs glacées. Bertha le récupéra, le lui rendit. Il se dit qu'il ferait aussi bien de s'en servir. S'il demeurait immobile, il mourrait congelé. Se savonnant avec énergie pour rétablir la circulation sanguine, il entendit ses propres dents claquer comme les meules d'un moulin. Bertha ramassa tous ses vêtements et les emporta hors de la salle de bain. Lawrence s'activait de toutes ses forces avec son bout de savon. Il avait le souffle court, frissonnait, mais progressivement le froid cessa de le mordre, remplacé par une sensation presque agréable. Il plongea sa tête meurtrie dans l'eau, ce qui lui causa un réel bien-être, et il demeura ainsi le plus longtemps possible, sentant s'éclaircir ses esprits. Quand il se leva pour attraper une serviette, il vit nettement les moindres détails de la pièce. Sortant du bain, il se sécha minutieusement, puis noua la serviette autour de sa taille avant de regagner la chambre.

Bertha se tenait devant la commode. Elle portait

maintenant une robe de satin broché bleu, et s'escrimait sur la capsule réticente d'une bouteille sans étiquette. Sans regarder Lawrence, elle lui tendit le flacon, qu'il déboucha sans effort. Bertha avait disposé deux verres, et lui fit signe de verser. Il obéit mécaniquement et emplit à moitié les deux récipients d'un liquide incolore, mais à l'arôme beaucoup plus prononcé que le tord-boyaux bu dans la cuisine. Cet alcool répandait des effluves inquiétants. Bertha leva son verre, mais au lieu de boire elle fronça les sourcils à l'adresse de Lawrence :

– Eh bien, qu'est-ce que tu attends ?

– Que tu boives la première.

– Nous boirons ensemble.

Ils levèrent leurs verres ensemble, burent ensemble, et il se demanda comment Bertha réagissait. Quant à lui, ses yeux avaient tendance à reculer dans leurs orbites pour aller se dissimuler dans le fond de son crâne, cependant que des scies à métaux attaquaient les parois de sa gorge. Lorsque le liquide parvint au creux de son estomac, il crut entendre, montant de ces profondeurs infernales, les sifflements d'une marmite diabolique. Son corps sembla se distendre, comme si sa tête avait besoin du plafond comme ses pieds du sol, et se lança dans un numéro d'acrobatie fictif à travers toute la pièce, sans cesser d'observer Bertha, qui buvait cette liqueur sournoise comme du petit lait. Il haleta :

– Tonnerre de Dieu !

– Tu aimes ? sursurra Bertha.

– Qu'est-ce que c'est ?

– On appelle ça « tonnerre et éclairs ».

– Qui peut bien fabriquer un truc pareil ?

– C'est Hagen qui me le fournit.

– Hagen !

Il répéta ce nom plusieurs fois, comme pour l'exorciser. Bertha dit :

– Prends un autre verre.

– Tu crois que j'en ai vraiment besoin ?

Elle fit oui de la tête. Elle le mesurait du regard, évaluant son état d'esprit.

Il vida un second verre, bien plus facilement que le premier. Puis il dit :

– Ça va, maintenant. Si nous parlions un peu de Hagen ?

– Tu y tiens vraiment ?

– Je crois.

– Ça ne suffit pas. Il faut que tu en sois sûr. Bois encore un coup.

– Une goutte de plus et je tombe K.O.

– Mais non. Allez, le dernier. Et mets-y la dose !

Il leva son verre, rejeta la tête en arrière et le courant électrique descendit en lui comme une rivière de flammes. Gardant le verre à ses lèvres il sentit cette incandescence exploser, voulut cesser de boire, mais le verre était déjà vide. Il le montra à Bertha avec un sourire victorieux. Puis il le posa ostensiblement sur la commode, comme un trophée.

Maintenant, il se tenait bien droit, calme, l'esprit clair.

– J'en boirais volontiers encore un petit coup.

– Non, dit Bertha. Il y a une limite à ne pas dépasser. Au-delà, tu risques de te retrouver chez les fous.

– Je... je suis certain que je n'ai pas atteint la limite.

– Crois-moi, tu as largement ta dose.

Rebouchant la bouteille, elle la rangea dans un tiroir. Lawrence dit :

– Tu n'es guère commerçante, tu ne pousses pas le client à la consommation !

Elle sourit aimablement.

– Je fais du commerce en bas. Ici, c'est pour recevoir les amis.

– Parce que nous sommes amis ?

– Je l'espère.

Il examina cette idée un bon moment. Puis il murmura :

– C'est quand même bizarre. Tu ne m'aimes pas, je ne t'aime pas, et voilà qu'ici nous sommes des amis...

Bertha haussa les épaules.

– Ce sont des choses qui arrivent parfois.

– Et ce n'est pas tout. Tu m'as rendu service en m'empêchant de sortir tout à l'heure et de me faire casser en morceaux; parce que c'est ce qui se serait produit si j'étais tombé sur Hagen. Ou peut-être que le petit gandin aurait sorti sa lame, et que demain tu aurais vu ma femme porter le deuil. Tu m'as évité ça, et je voudrais savoir pourquoi.

Elle s'assit sur le lit.

– Eh bien, si tu veux, disons que je l'ai fait en souvenir du bon vieux temps.

Il se frictionna la nuque.

– Le bon vieux temps ? Ça, c'est nouveau ! J'ai toujours compté pour zéro dans tes archives !

– Pas zéro, Lawrence. Tu as été un sale ceci et un sale cela, mais jamais un zéro.

Allongeant ses jambes sur le lit, elle s'accota à un oreiller.

– Ça me fait presque plaisir de te voir ici,

toujours vivant. La seule chose qui m'ennuie, c'est ton sale caractère. Tu as toujours eu un caractère de cochon. Maintenant, il faudrait que tu apprennes à te contrôler.

– Je te parie que je peux.

– Ne parie pas. Dis-toi bien que tu dois te maîtriser... Viens ici, Lawrence, assieds-toi près de moi.

Elle attendit qu'il eût pris place sur l'extrême bord du lit.

– Depuis le temps, tu devrais connaître les coutumes de cette rue. Tu vois, les sales histoires que tu évitais quand tu étais gosse... C'était déjà dur à l'époque, mais aujourd'hui, c'est mille fois pire. Parce qu'alors, c'était des jeux d'enfants, mais les enfants ont grandi, ils sont adultes et ils ne jouent plus, c'est du sérieux. C'est pour de vrai. Quand on rencontre quelqu'un en travers de son chemin, on ne se contente plus de lui abîmer le portrait, on le liquide. Tiens, tu veux que je te dresse la liste de tous les mômes et de toutes les filles que tu as connus et qui ont disparu du quartier ? Ce n'est pas qu'ils aient simplement déménagé... c'est qu'ils sont morts ! Tu n'en as jamais entendu parler dans les journaux, et il est certain que personne n'a bavardé. A moins que tu ne fasses partie de l'organisation...

– Quelle organisation ?

– Elle n'a pas de nom. C'est nous qui l'avons baptisée comme ça... Pour devenir membre de l'organisation, il suffit d'être un escroc, un trafiquant, un maquereau, un alcoolique ou simplement un cinglé du couteau. Nous ne tenons pas d'assemblées générales, nous ne payons pas de cotisations, mais c'est tout de même une organisation. Tu y appartiens ou non. Si tu en fais partie, tu ne peux plus en sortir. Si tu n'y appartiens pas, tu dois rester en-dehors et ne surtout te mêler de rien. Un faux mouvement, une seule imprudence, et tu es éliminé. Sans même un avertissement. Le no man's land ou le cimetière. Il n'y a pas de demi-mesure.

– Tu ne devrais pas me raconter ça, à moi qui ne suis pas membre...

– Tu l'es, Lawrence. Que tu le veuilles ou non, tu es dedans.

– Qui a dit ça ?

– Personne. Pas besoin de le dire, c'est un fait. Inutile d'épiloguer.

Il secoua la tête :

– Je ne comprends pas.

– Additionne un et un, ça fait deux.

Après avoir réfléchi un moment, il murmura :

– Tout ce que je sais, c'est que Hagen m'a lâché facilement, cette nuit.

– Tu en sais suffisamment.

– Et qui va prendre le relais ?

– Toi seul. Maintenant, tu as appris quelque chose que tu n'étais pas censé savoir. Bienvenue chez nous. Hagen t'a déclaré bon pour le service. Quand il est parti d'ici en te laissant vivant, ça voulait dire que tu étais embauché, mon vieux. Tu es dedans jusqu'au cou.

– Et qu'est-ce que je dois faire maintenant ?

– Absolument rien.

– Rien ?

– C'est ce que je me tue à te dire.

– Tu en parles comme si c'était un travail de force !

– En tout cas, c'est bien plus dur que tu ne le penses.

Son visage devint solennel.

– Rien n'est plus difficile que d'être au courant de tout ce qui se passe, de ne pas être d'accord, mais de ne rien pouvoir empêcher. Regarde-moi, par exemple. Je vends de l'alcool frelaté et je prends un pourcentage sur les jeux, rien de plus. Et pourtant, à mieux y regarder, je suis mouillée dans toutes les activités annexes, le vol, les escroqueries, les attaques à main armée, le meurtre et d'autres choses bien pires encore ! Comme ce qui se passe en ce moment même autour de cette petite Chinoise...

– Oublie la petite Chinoise, tu veux ?

– Parce que toi, tu peux ?

Il répliqua sombrement :

– Ce n'est pas à moi que ça arrive.

– Ni à moi. Pourtant ça arrive.

– Des quantités de choses arrivent, partout dans le monde...

Elle se pencha en avant, pliant les genoux, croisant les doigts autour :

– Bien sûr. Des tas de choses. Mais la situation est différente. Tout se passe sous mes yeux. Je connais toute la combine. Hagen me donne toujours les détails, il m'explique tout ce qu'il va faire dans les moindres détails. Et moi, qu'est-ce que je fais ? Je m'asseois et j'écoute. Puis, plus tard, je reste assise et les événements se produisent. Assise, sans rien faire, sans rien dire ! Si ce n'est pas un travail pénible, alors qu'est-ce que c'est ?

Elle bondit du lit, traversa la pièce, ouvrit le tiroir de la commode dont elle tira la bouteille entamée qu'elle porta à ses lèvres. Elle ferma le poing de sa main libre, si violemment que Lawrence entendit craquer ses articulations. Il la regarda boire avec stupeur; le niveau du liquide descendait rapidement, comme si c'était de l'eau. Puis elle s'engoua, toussa, reprit son souffle, s'apprêtant pour une nouvelle rasade. Lawrence remarqua :

– Tu m'avais parlé d'une limite à ne pas dépasser.

– Au diable !

– Tu vas te retrouver au cabanon.

– Je suis déjà folle. Voilà pourquoi je prends ce médicament. C'est le meilleur médicament du monde !

Elle avala une nouvelle gorgée, faillit s'étrangler, puis quand le souffle lui revint, elle emboucha la bouteille une fois de plus.

Lawrence aurait voulu lui arracher la bouteille avant qu'elle ne se rende malade, mais il ne put bouger. Tout l'alcool qu'il avait ingurgité commençait à l'anesthésier. Ses paupières devenaient lourdes, et il n'entendait la voix de Bertha qu'étouffée, comme si elle lui parlait au fond d'un long tunnel.

– Quand nous sommes seuls, toi et moi, rien ne se passe, ni dans l'organisation ni dans Ruxton Street, dit-elle entre deux déglutitions.

– Où sont mes vêtements ? marmonna Lawrence. Donne-moi mes vêtements.

– Il veut ses vêtements, dit Bertha à la bouteille. Le monsieur veut ses vêtements !

Allongé, Lawrence s'endormait. Il murmura :

– Faut que je rentre. Il est tard, et demain je travaille...

– Ecoutez ça ! Il doit travailler demain. Comme si la gare de marchandises ne pouvait pas fonctionner sans lui. Comme si, en son absence, le monde arrêtait de tourner ! Sans lui, aucun train ne peut rouler !

– Je m'en fous, des trains... j'ai besoin de ma paye, c'est tout...

Bertha continua de s'adresser à la bouteille.

– Ça, au moins, c'est raisonnable. Cet homme ne veut pas perdre sa journée. Il lui faut payer l'épicier, le loyer. On ne peut pas lui reprocher ça, parce que c'est la base de l'existence, c'est primordial. Gagner du fric pour se remplir l'estomac et avoir un toit au-dessus de sa tête. Mais une fois qu'on a ça ? Est-ce qu'il y a quelque chose d'autre ? A part s'ivrogner de temps en temps ou s'envoyer en l'air, y a-t-il quelque chose d'autre ? Pas la peine de chercher la réponse. La réponse, on la connaît déjà, mais on n'a pas le droit de la donner, non ! Parce qu'on est jusqu'au cou dans le mouvement, on est membre à part entière de l'organisation, un matou éprouvé de Ruxton, comme dit Hagen. Alors tout ce que l'on peut faire, c'est de rester assis, le plus confortablement possible, et d'assister au spectacle. Ce soir à l'affiche, la petite Chinoise et Hagen. Décor : la chambre de Hagen. Et si Hagen veut vraiment lui rendre service, à la petite môme Chinoise, il va la prendre par la gorge et serrer et serrer jusqu'à ce qu'il n'y ait plus rien à écraser. Seulement, il ne le fera pas !

Lawrence tentait de garder les yeux ouverts. Il implora :

– Aide-moi à me lever... Il faut que je rentre, j'ai du travail...

Bertha buvait encore. Elle s'était juré de vider la bouteille, mais celle-ci lui échappa des mains, roulant sur le sol, où elle prit la forme vague et mouvante d'une méduse. Bertha s'accroupit pour la saisir, mais la bouteille parut s'éloigner, à moins que ce ne fût le sol qui, ondulant et houlant, n'entraînât la jeune femme vers le lit. Elle y tomba, face en avant, un bras étendu sur la poitrine de Lawrence. Il grommela un vague « nom de Dieu » tout en essayant à tâtons de repousser ce bras qui l'écrasait, dont le poids gigantesque l'enfonçait toujours plus bas, toujours plus bas...

Des siècles plus tard, il ouvrit les yeux et, tournant la tête, découvrit la femme allongée auprès de lui. Il s'aperçut que la serviette qui lui servait de pagne s'était dénouée, pendait sur le bord du lit. Il la contempla un moment, puis s'assit avec précaution, et regarda à nouveau la femme. Elle lui tournait le dos; ses épaules montaient et descendaient au rythme régulier d'une respiration profonde. La chevelure d'un roux sombre se répandait en vagues épaisses sur l'oreiller. Il contempla cette toison éclatante, puis son regard descendit la courbe des hanches épanouies, évalua la plénitude de cette chair qui semblait venir à la rencontre de son corps. Il se demanda si son cerveau était encore capable de fonctionner, mais tout ce qu'il y trouva fut le corps doucement épanoui de Bertha. Puis, comme si le regard de l'homme avait été une caresse tangible, la jeune femme se retourna, bien éveillée, et le vit la regarder. Elle s'agita insensiblement. Il s'ordonna de quitter ce lit et de rejoindre, de l'autre côté de la rue, cet autre lit qui était le sien, mais il avança une main et toucha l'épaule de la femme. Au contact de sa chair, un tison chauffé à blanc pénétra dans sa paume, remonta à la vitesse de l'éclair dans son bras, lui embrasa la poitrine et descendit le long de ses artères. Quand la brûlure éclata dans sa tête, faisant étinceler ses yeux, sa main s'appesantit sur l'épaule de Bertha. Il tenta de se rassurer, de se dire que tout cela n'était qu'une illusion due à l'alcool. Retire ta main. Il n'y a acune raison pour que tu ne retires pas ta main. Mais il y avait des tas de raisons. Le balancier du temps venait d'effacer d'un seul coup toutes les années où il avait été plus mort que vivant. L'entresol d'en face était un local désert où jamais rien n'avait eu lieu. Une simple salle d'attente où il n'avait jamais su ce qu'il attendait au juste. Maintenant, il le savait. Il avait attendu cette nuit-là.

Ses bras entouraient le corps de la femme, ses lèvres s'écrasaient sur sa bouche. Elle lui caressait le visage, et il dégustait sa saveur sauvage. Pendant longtemps, l'unique bruit dans la pièce fut celui de petites bribes de plâtre se détachant du mur, derrière le lit.

– VII –

Il pouvait être trois heures de l'après-midi; assis sur le bord du lit, il enfilait sa salopette, remettait chaussettes et chaussures. Bertha, devant la table de toilette, rajustait sa robe de satin bleu tout en fumant une cigarette. Sa bouche souriait un peu, ses yeux souriaient beaucoup. Elle le regardait à la dérobée, les pensées remplies de lui, essayant de penser à autre chose mais sans y parvenir, tant elle était encore lasse et nerveuse.

Sur la table de nuit se trouvait un plateau supportant deux tasses et une cafetière, qu'elle venait de monter de la cuisine. Elle remplit une tasse, la lui rendit. Il dit qu'il n'en voulait pas. Comme elle insistait, il accepta, mais sans la regarder. Elle pensa qu'il n'était pas encore bien réveillé, mais que le café lui ferait du bien.

Lawrence but le café, qui était très fort et lui remit les idées en place. Il ne se ressentait pas physiquement des excès de la nuit passée. Son estomac criait famine, et il décida de s'arrêter chez Sam avant de se rendre aux docks de fret. Chez Sam, il commanderait un petit déjeuner copieux, et prendrait tout son temps pour le manger. Inutile de se presser, il était déjà en retard d'une heure pour son travail, alors une heure de plus ou une heure de moins... De toute façon, les chemins de fer manquaient de bons ouvriers, et il pourrait toujours récupérer en heures supplémentaires, et toucher son salaire intégral.

Le café achevé, il se leva, posa la tasse sur le plateau, puis alla ouvrir la porte.

– Tu pars ? demanda Bertha.

– On ne peut rien te cacher.

Elle passa devant lui et ferma la porte.

– Tu es toujours aussi désagréable au réveil ?

– Désagréable ? Je n'ai pas dit un mot.

– Justement. Qu'est-ce qui ne va pas, encore ?

Il chercha ses mots, les yeux au sol :

– Je n'aime pas qu'on me prenne pour une poire. Quand c'est fait avec élégance, je m'en fiche un peu. Mais qu'on me force à boire, puis qu'on profite de mon ivresse...

– Comment ?

– D'accord, très bien, fais l'innocente. Tu n'as aucune idée de ce que je veux dire. Tu n'étais même pas là quand c'est arrivé, tu étais à la campagne en train de cueillir des pissenlits !

– Et toi, où étais-tu ?

– Nulle part. Dans les vapes. Et tu as tout fait pour ça. Tu m'as fait suffisamment de saloperies pour que je ne sache plus où j'en étais, et que je ne sache plus ce que je faisais.

Elle lui jeta un regard glacial.

– Si mes souvenirs sont exacts, je dormais comme un loir et quelqu'un m'a réveillée...

– Ce n'était pas l'homme que tu vois.

– Tiens donc ! Et puis-je savoir qui c'était ?

– Pourquoi poser la question ? Tu t'en fiches

bien, de qui c'était. En ce qui te concerne, ç'aurait pu être n'importe qui.

Le visage dénué d'expression soudain, Bertha s'éloigna de la porte.

Il la rouvrit, sortit de la chambre, traversa le palier, descendit l'escalier le plus vite possible, comme si seule une fuite rapide pouvait l'aider à oublier ce qui s'était passé dans cette maison. Une fois dehors, il prit la direction du restaurant de Sam, mais sentit son regard attiré vers la maison d'en face. Edna était assise sur le seuil et le regardait.

D'un pas lent, lourd, il traversa la chaussée. Edna se leva à son approche, entra dans la maison. Il ne voulait pas la suivre à l'intérieur, pas tout de suite. Mais il atteignait le trottoir, montait les marches de bois et poussait la porte. Dans le salon exigu, il y avait trois personnes auxquelles il ne prêta aucune attention. Il suivit l'étroit corridor obscur jusqu'à la chambre où Edna, assise devant la fenêtre, regardait le plancher avec une sorte d'obstination.

Lawrence traversa la pièce, se planta devant la fenêtre. En face, de l'autre côté de la ruelle s'élevait une baraque en bois. La façade se dégradait, certaines planches achevaient de pourrir. Tandis qu'il regardait sans voir, une petite forme grise se mit à courir sur une poutre, puis se faufila dans une ouverture. Elle en ressortit pour reprendre sa course sans but. Il resta immobile, observant les allées et venues de la souris. Derrière lui, on demanda :

– Tu as déjeuné ?

– Non.

– Je vais te préparer quelque chose.

– Non, je vais manger un morceau chez Sam.

– Pourquoi ? Il y a tout ce qu'il faut ici.

– Je t'ai dit que j'allais chez Sam !

– Ne crie pas, Chet. Tu n'as pas besoin de crier.

De l'autre côté de la ruelle, la petite créature grise s'arrêta au bord d'une planche cassée, et regarda l'homme derrière sa fenêtre. Se dressant sur ses pattes arrière, elle agita ses moustaches, semblant dire bonjour.

Lawrence tourna le dos à la fenêtre, s'accotant au rebord, les bras croisés, attendant qu'Edna prenne la parole. Mais elle ne dit rien, demeurant immobile, ses mains étroites sur ses genoux osseux, les épaules basses. Il cligna plusieurs fois des yeux, se demandant tout à coup qui pouvait bien être cette femme. Se retournant à nouveau, il vit la souris se balancer à l'extrémité de la planche, la queue tremblotante comme si elle se sentait en danger, demandait du secours. Il ne bougea pas, vit l'énorme chat surgir, s'amuser un instant à petits coups de patte, puis fondre sur la souris et l'emporter au fond de la ruelle où il disparut. Il n'y avait plus rien à voir, plus rien à entendre. Pourtant Lawrence eut l'impression que la souris était toujours en train de se balancer sur la planche cassée. Il lui sembla entendre son gémissement plaintif.

– Tu ne vas pas travailler aujourd'hui ? demanda Edna.

– Je ne sais pas.

– Tu ne veux vraiment pas que je te prépare à manger ?

Il baissa la tête, ses mains étreignant violemment le rebord de la fenêtre.

– Si tu veux. Prépare-moi un plateau.

Edna se leva. Quand il s'écarta de la fenêtre, il

vit sa femme près de la porte, cherchant son regard.

– Eh bien ? fit-il.

Elle secoua vivement la tête, puis quitta la pièce. Lawrence esquissa un pas vers la porte, recula, frappa du poing le creux de sa main, recommença plus fort. Il se mit à faire les cent pas dans l'espace étroit ménagé entre le lit et l'armoire, puis se précipita soudain hors de la chambre et gagna le salon où sa belle-famille, agenouillée sur le sol, disputait une partie de dés. Ils l'entendirent entrer, mais aucun ne daigna tourner la tête. Les dés roulaient sur le tapis, heurtaient le mur, puis rebondissaient avant de s'immobiliser sur un total de neuf.

Lawrence s'installa sur le divan affaissé, examinant le trio de joueurs de craps, le vieux bonhomme, le fils du vieux bonhomme et la femme du fils. Ils gesticulaient, criaient bruyamment mais il ne voyait que trois silhouettes inanimées, qui ne reprenaient vie que pour lui demander de l'argent ou le couvrir d'avanies. Il avait depuis longtemps franchi le stade où leur présence dans la maison lui était insupportable; il les considérait maintenant comme de vieux meubles ou des ombres vagues allant et venant à toute heure du jour et de la nuit.

Mais tout à coup, pour une raison mystérieuse, ils lui apparaissaient tels des êtres humains, faits de chair et de sang et respirant le même air que lui. Il les examina attentivement, les étudiant comme s'il s'apprêtait à les dessiner, d'abord dans leur posture accroupie de joueurs de dés, puis marchant dans la rue, avec leurs chaussures qui avaient besoin d'un ressemelage et leurs vêtements déchirés. Les montrer dans la cuisine, essayant de finir leur repas sans appétit, à cause de tout l'alcool que charriaient leurs veines. Les montrer dormant dans la chambre exiguë où le vieux occupait un lit de camp militaire, laissant aux époux le lit à deux places, d'où il arrivait que Paul se fasse jeter par sa femme et termine sa nuit sur le plancher. Ils étaient réunis sous ses yeux tous les trois, sa belle-famille, et Lawrence pensait : pendant neuf ans tu ne les as jamais vraiment regardés, mais à présent tu dois apprendre à les connaître. Ton rôle de simple spectateur est terminé pour de bon. Tu navigues dans le même bateau qu'eux. Cette nuit, tu as bu du tord-boyaux, exactement comme Paul.

Laissant provisoirement les autres de côté, il se concentra sur Paul, son beau-frère. Il détailla le crâne preque chauve, la veste et le pantalon en lambeaux que le clochard le plus minable de la Rue aurait refusé de porter. Paul était de taille moyenne, d'une maigreur squelettique et son histoire racontait trente-neuf années d'inactivité absolue, excepté quelques arrestations pour bagarres et conduite en état d'ivresse. Son record de durée d'emploi consistait en trois remplacements de postiers en période de Noël. Autrement, il ramassait quelque argent dans les salles de billard, où il jouissait d'une assez bonne réputation d'arnaqueur. Il manifestait une timidité excessive, sauf sous l'influence de l'alcool qui le faisait exploser. A ces occasions, il émettait des cris perçants d'oiseau exotique, et donnait des coups de griffes. La cible privilégiée de ces assauts était sa femme, Connie.

Lawrence regarda Connie, sa tignasse de caniche couleur de chocolat dilué dégageant ses oreilles, la nuque rasée comme pour mettre en valeur la cicatrice qui la zébrait, du cou au milieu des épaules. A vingt-neuf ans, Connie mesurait un mètre soixante, pesait quarante-six kilos. Mais sa minceur de haricot vert possédait une élasticité permettant à ses membres des contorsions inimaginables. Elle utilisait ce don de la nature pour s'exhiber dans des parties fines et ramassait dans les trente dollars par semaine, dont elle investissait la majeure partie en gin et le reste dans les instituts de beauté, sans résultat appréciable. Durant son adolescence, couverte d'acné, elle avait utilisé une lame de rasoir pour supprimer ses pustules. Depuis ce traitement, son visage ressemblait à une écumoire. D'innombrables algarades dans Ruxton Street lui étaient resté un œil exorbité, un nez brisé et un menton sans contour bien défini.

Et pourtant, les hommes la regardent, songeait Lawrence. Certains même paient pour la regarder ! Se demandant pourquoi, il imagina Connie pendant une partouze, et les spectateurs fascinés par les évolutions de cette anguille électrique capable de brûler tous les matelas de la terre...

Maintenant, il passa au vieillard, le Père d'Edna, le veuf de soixante-treize ans que les années n'avaient pas assagi. Le vieux George essayait toujours, ne renonçait jamais. Il lui arrivait d'attendre que son fils fût endormi sur la carpette, puis il quittait en souplesse son lit de camp, simulant une crise de somnanbulisme, et se dirigeait vers le lit dans lequel sa belle-fille reposait, les yeux mi-clos dans sa stupeur éthyllique. Le vieux jurait ses grands dieux que de temps en temps il parvenait à ses fins. Bien sûr, cela dépendait plus ou moins de la quantité de gin qu'elle avait ingurgité dans la soirée. Aussi le vieux apportait du gin à la maison chaque fois qu'il pouvait en faucher une bouteille ici ou là.

Lawrence, fasciné, étudiait le vieillard comme s'il se trouvait dans une cage de verre surmontée de l'inscription : « Phénomène rare ». Le phénomène était incroyable, mais réel. Ses yeux jaunâtres suivaient le moindre déplacement de chaque dé, comme si un fil invisible reliait les dés et les yeux. Le vieil homme avait passé la plupart de ses jeunes années dans les tripots, et manipulait les cubes d'ivoire avec des mouvements de poignet très professionnels, se penchant vers eux quand ils roulaient, et leur donnant intérieurement des ordres précis. Les dés marquèrent quatre et trois. Le vieux frotta ses doigts les uns contre les autres, tel un casseur de coffre-fort se frottant de papier de verre, ramassa les dés, les lança à nouveau. Il obtint encore un sept. Les yeux jaunes caressèrent les dés, les lèvres minces s'agitant sans bruit. Il lança encore pour obtenir cinq et deux. Lawrence était fasciné, non par les dés, mais par ce George à la peau lisse, sans âge, aux cheveux de vernis noir peignés en calotte et séparés par une raie au milieu, dont l'attitude ne reflétait nullement le poids des années, mais la position parfaitement élégante du flambeur artistique. Le vieux lança les dés une dernière fois, et sa silhouette courte et osseuse s'inclina un peu plus, comme s'il savait ce qui allait arriver et tentait de l'empêcher par son seul regard. Mais les dés refusèrent d'obéir et s'arrêtèrent sur deux et as.

Connie et Paul se partagèrent les enjeux déposés dans un bol. Puis Connie compta lentement les pièces dans sa main, décida d'en remettre la moitié en jeu, changea d'avis et dit finalement :

– Je parie trois cents.

Elle avait les dés en main, le bras haut levé

comme si elle agitait un drapeau. Paul couvrit le pari. Le vieux regarda le bras de Connie.

– Jette les dés, fit Paul.

– Tu permets que je les secoue ?

Son bras toujours levé, les dés s'entrechoquaient dans son poing fermé.

– Jette ces putains de dés ! grinça Paul.

Ses yeux luisaient, effet produit par le vin de Tokay dont il avait vidé presque un gallon depuis le matin. Tandis qu'il regardait sa femme secouer les dés, son œil se fit étincelant.

Connie lança les dés, les faisant rebondir contre le mur. Elle sortit six et dit :

– Ça, c'est un bon chiffre, et je vais le refaire.

Pour souligner sa phrase, elle fit tomber trois nouvelles pièces dans le pot. Paul recompta attentivement les pièces, s'assurant de la réalité de l'enjeu. Il jeta sa part dans le pot, puis regarda sa femme d'un œil chargé de vin et de suspicion tandis qu'elle agitait les dés.

– Lance-les ! lance-les donc, ces dés pourris !

– Du calme. Tu vas les énerver.

– Ça va, on ne va pas y passer la nuit !

– Je prends tout le temps que je veux.

Paul s'adressa à son père :

– Tu vois ce qu'elle fait ? Elle casse le jeu ! Mais regarde-la ! C'est de la triche, parole !

Le vieux répliqua solennellement, comme s'il donnait un oracle :

– Elle ne triche pas. Elle secoue à la régulière.

– Elle a intérêt ! grommela Paul.

Ses yeux noyés de vin menaçaient Connie. Il surveilla le geste du bras, l'envolée des dés vers le mur, leur rebond, leur arrêt sur neuf. Elle les ramassa, leur imprima une nouvelle secouette. Ils sortirent cinq, puis huit, puis cinq à nouveau. Enfin un six. Connie tendit la main vers les enjeux, mais Paul lui agrippa le poignet, sifflant :

– Voyons un peu ces dés !

Ses doigts s'emparèrent des dés, les laissèrent échapper. Il les captura enfin. Lâchant le poignet de Connie, il entreprit une inspection attentive des dés. Dans un mauvais sourire, il dit aux dés :

– On va vous contrôler, mes petits. Vous allez passer à la fouille.

– Qu'est-ce qui te prend ? fit Connie. Ce sont des dés, rien d'autre. Des dés ordinaires, tout ce qu'il y a d'honnêtes.

– Je vais bien voir s'ils sont honnêtes !

Paul avait posé les dés sur sa paume. Il ferma la main bien serré, la rouvrit, la ferma à nouveau, les yeux au plafond.

– Qu'est-ce que c'est que ce cirque ? demanda Connie.

– Je les soupèse.

Il continua son manège, sous l'œil furibond de Connie.

– Ce n'est pas une façon de contrôler une paire de dés !

– C'est ma façon à moi. Une méthode spéciale. La dernière fois que tu as échangé les dés, tu t'en es tirée. Cette fois, ce sera une autre paire de manches, je t'en fiche mon billet.

Il continua de soupeser les dés.

Connie bondit sur ses pieds et aboya :

– Espèce de demeuré, tu sais très bien que ce sont les mêmes depuis ce matin ! Je n'échange jamais les dés, sauf peut-être s'ils sortent de ta poche !

Je n'ai jamais utilisé de dés plombés ! Je m'appelle Constance, et je ne suis pas une voleuse !

– Mais non, mais non, fit Paul distraitement, sans cesser de soupeser les dés.

Connie s'en prit à son beau-père :

– Tu m'as déjà vu tricher à ce jeu ?

Le vieux ne répondit pas. Il consacrait toute son attention à ce que faisait son fils. Il approuva de la tête en voyant le bras de Paul monter et descendre de plus en plus lentement, comme le plateau d'une balance sur le point de se stabiliser.

Exaspérée, Connie poussa un cri perçant, et se mit à piétiner le tapis, les bras partant en tous sens. On eût dit quelque insecte monstrueux tentant de s'extraire d'une toile d'araignée. Le vieux George la regarda, puis :

– Du calme, ma fille. Inutile de déchirer le tapis.

– Je démolirai toute la maison ! vociféra Connie. Je sais très bien ce qui se passe ! Toi et ton crétin de fils êtes de mèche ! Vous voulez me dépouiller de mon argent ! L'argent que je me crève à gagner !

– Tu n'es pas juste, émit George, toujours solennel. Toute réclamation contre le lanceur doit être vérifiée.

– Arrête avec tes boniments ! hurla Connie. Il n'y a ni lanceur ni tricheur ici !

Elle désigna son mari :

– Le seul escroc ici, c'est lui !

George reprit, d'un ton technique :

– Chaque joueur a le droit d'examiner les dés à tout moment. Relis les règles, je t'en prie. Sois gentille de relire les règles avant de jouer.

– Quelles règles ?

– Les règles de la maison.

La voix du vieux était aussi onctueuse que s'il avait porté un smoking et s'adressait à la clientèle d'un casino sélect.

Mais il en fallait davantage pour impressionner Connie. Elle continua de trépigner en poussant des protestations aiguës. Comme elle tentait une nouvelle descente sur les enjeux, Paul lui flanqua un coup de coude dans le ventre. Trébuchant, elle tomba lourdement sur le sol, et brailla :

– J'ai gagné ! Je veux mon fric !

Paul soupesait toujours les dés.

Connie se roula sur le sol, en pleine crise d'hystérie :

– C'est un coup monté ! Ces canailles me dépouillent ! Au voleur ! Au voleur !

Son mari tourna vers elle ses yeux rouges, ouvrit une bouche dans laquelle manquaient quatre dents du devant :

– Si tu ne fermes pas ta grande gueule, je vais chercher des tenailles et je t'arrache la langue !

Hurlant de plus belle, Connie plongea vers l'argent. Paul la frappa violemment au bas-ventre, et elle se retrouva les quatre fers en l'air.

– Les enjeux restent sur table ! prononça calmement le vieux.

Ses doigts osseux se glissèrent vers les douze pièces de monnaie, qu'ils arrangèrent habilement en trois petites piles bien nettes.

– Douze cents au banco ! lança-t-il à une assemblée de smokings et de robes du soir. Veuillez garder vos places. Aucun gagnant ne sera déclaré tant que les dés n'auront pas été vérifiés. Veuillez vous reporter aux règles en vigueur.

Connie, assise, jambes écartées, la tête inclinée

au point de reposer sur l'épaule, récupérait un peu. Elle s'enquit :

– Ces fameuses règles, qui les établit ?

– Le casino, répliqua George.

– Quel casino ? Où tu vois un casino ? Ici, c'est un casino ?

Le vieil homme entrouvrit les lèvres pour répondre, puis les referma, conscient de n'avoir aucune réponse convaincante à fournir... Connie se remit lentement en position verticale.

Lawrence vit Paul empocher les dés et les remplacer subrepticement par une autre paire. Ce vieux truc, il l'avait vu pratiquer à d'innombrables occasions, en connaissait les conséquences dramatiques, et avait toujours soigneusement fermé les yeux. quand d'aventure les dés truqués s'approchaient par trop de l'endroit où il se tenait assis, il se contentait de les retourner à l'envoyeur et de reprendre son occupation du moment. Mais ce jour-là, en découvrant l'arnaque qui se préparait, il éprouva comme la traction d'une corde l'obligeant à quitter son divan; le divan n'était plus une tour d'ivoire, ne pouvait plus l'isoler du grouillement des larves, en l'occurrence ce tapis usé jusqu'à la corde où chaque fier-à-bras de Ruxton Street était invité à se lancer dans la bagarre.

Paul disait à Connie :

– Ces dés sont aussi lourds que toi ! Je prends le fric, et toi tu te tires. Allez, va te faire pendre ailleurs !

– Bien sûr, dit Connie, je vais marcher un peu.

Elle marcha jusqu'à son mari et lui lança un coup en pleine figure. Sa tête partit en arrière, reprit sa place juste à temps pour recevoir un nouveau coup au beau milieu du nez. Il s'accrocha aux épaules de Connie, qui tourna comme une girouette et courut jusqu'à une petite table sur laquelle se trouvait un énorme cendrier. L'empoignant, elle s'apprêta à le lancer.

– Lance-le, dit Paul. Vas-y, je veux te voir lancer !

Connie visait soigneusement la tête de Paul. Mais tout à coup, elle surprit le vieil homme, qui fondait sur le magot avec la précision d'un fourmilier. Au même instant, Paul vit son père s'emparer des pièces. Poussant un rugissement, il se jeta sur George, qui l'esquiva avec la grâce d'un torero. Paul vociféra encore, et le vieux, évitant les poings de son fils, exécuta une série d'habiles manœuvres zigzagantes qui le rapprochèrent de la porte. Connie, qui brandissait toujours son cendrier, ne semblait plus très bien savoir sur qui elle l'enverrait en priorité. Elle essaya de les attraper tous les deux, mais le lourd cendrier passa entre Paul et le vieillard. Connie hurla de toute la force de ses poumons lorsque le vieux atteignit la porte. Mais avant qu'il n'ait réussi à l'ouvrir, Paul saisit une poignée des cheveux de son père. Il le tira loin de la porte, lui donnant dans le mouvement un coup de genou dans les reins. George chuinta comme un ballon crevé. Comme il s'affalait sur le sol, Connie plongea des doigts avides dans la poche de son veston râpé. Paul furibond voulut griffer Connie, qui fouillait le vieux, mais elle agitait la tête en tous sens pour échapper aux ongles de son époux, telle une danseuse indienne. Le vieux, lui, faisait le mort. Paul se courba au-dessus des jambes inertes de son père, cherchant à atteindre les yeux de Connie. Le vieillard attendit que Paul fût en position favorable, puis leva brusquement les genoux, qui percutèrent le bas-ventre de Paul. Paul grogna et Connie s'écria :

– Encore, George ! Cogne encore !

Elle avait réussi à saisir quelques pièces, et s'efforçait de les fourrer dans sa robe, mais la robe était dépourvue de poches. Tout en continuant d'esquiver les attaques de Paul, elle tentait d'évaluer son butin. Paul gémissait toujours, et le vieux tenta de lui flanquer un nouveau coup bas, mais sans succès car le double poids de Paul et de Connie pesait sur ses jambes. Paul avait agrippé la robe de sa femme, essayant de la maintenir à bonne distance pour lui administrer le coup définitif qui lui permettrait de s'approprier l'argent et d'aller s'offrir un verre de Tokay. Mais essayer de maîtriser cette acrobate équivalait à vouloir amidonner une couleuvre. Il parvint finalement à l'étourdir d'un revers de main sur la tempe, ce qui l'amena plus ou moins en position pour une torgnole plus accentuée. Paul levait le poing pour cogner quand Lawrence sautant du divan le saisit par le bras et l'expédia loin de Connie et du vieillard.

Paul se tortillait sous l'étreinte de Lawrence. Il piailla :

– Lâche-moi ! Fous-moi la paix !

Lawrence assura sa prise, et Paul lui asséna un coup de tête en pleine poitrine. Lawrence repoussa sa tête de la main. Sans cesser de l'invectiver, Paul voulut le défigurer à coups d'ongles, et encaissa une gifle magistrale. Puis la main ouverte se referma sur sa face, le secoua violemment, et Paul se retrouva en train de voltiger à travers la pièce, heurta un fauteuil, bascula par-dessus et atterrit le nez sur le plancher. Connie s'était ressaisie, s'en prit à Lawrence :

– Brute ! Laisse mon mari !

Paul tentait de se rassembler, de se relever. Connie se suspendit à la manche de Lawrence. Paul lui cria :

– Laisse-le ! C'est une affaire entre lui et moi !

Connie tenta d'arracher les yeux de Lawrence, braillant :

– Tu n'as pas le droit de toucher mon homme ! C'est mon Paul, à moi ! Je ne laisserai personne lui faire mal !

– Je ne lui fais pas mal, corrigea Lawrence. Je veux simplement qu'il se tienne tranquille.

– Tu l'as frappé ! sanglota Connie. Je t'ai vu, espèce de sadique !

Paul s'était enfin relevé, et serrait les poings dans ce qu'il imaginait être une posture de pugiliste. Il lança belliqueusement à Lawrence :

– Amène-toi, si tu es un homme. Tu l'as voulue, ta correction, tu vas l'avoir !

Soupirant, Lawrence secoua la tête. Connie enlaça le torse squelettique de son époux, et couvrit de baisers sa joue tuméfiée. Paul prenait la pose comme un boxeur, et repoussa Connie d'un air impatienté, mais elle continua de s'accrocher à lui en lui parlant comme à un bébé :

– Il t'a fait mal, chéri ? Fais voir ce qu'il a fait à mon petit chéri... Mon pauvre amour, dis à maman ce qu'il t'a fait. Dis-le à maman...

– Oh, ta gueule ! lança Paul.

Il fit une nouvelle tentative pour l'éloigner, mais elle se cramponnait, et tous deux, perdant l'équilibre, roulèrent sur le sol. Paul jura et dit :

– Relève-moi !

Mais elle se lova autour de lui et lui égrena des tendresses à l'oreille. Paul se sentait assommé, tout à coup, plus par le Tokay que par la bagarre. Il fit d'une voix pâteuse :

– Donne-moi le fric et je t'offrirai à boire.

Il caressa les boucles serrées de sa femme.

Lawrence sortit son portefeuille. Tout en se demandant pourquoi diable il agissait ainsi, il tendit à Connie un billet d'un dollar. Connie regarda cet argent avec stupeur, puis l'offrit à Paul qui l'accepta avec un mouvement de tête solennel. Le vieux se manifesta alors, aida le couple à se remettre sur pied. Paul tituba, se raccrocha à sa femme et à son père, puis le trio se mit en marche vers la porte. Lawrence assista à leur sortie. On aurait dit des enfants pressés d'aller jouer.

C'est alors qu'il entendit Edna qui, depuis la cuisine, l'informait que le repas était prêt.

– VIII –

Il gagna la cuisine, rectangle exigu meublé principalement d'une cuisinière de fonte noire et d'un réfrigérateur à l'émail blanc tout écaillé. Une pile de vaisselle sale remplissait l'évier grisâtre, et deux pieds de la table étaient rafistolés. Edna avait disposé sur la toile cirée une assiette de travers de porc aux haricots rouges, la moitié d'un pain de mie et une tasse de café.

– Il n'y a plus de beurre.

Elle attendit qu'il fût installé, puis s'assit en face de lui et le regarda manger.

Il mangeait rapidement, le visage penché sur l'assiette, détachant des morceaux de pain qu'il se fourrait dans la bouche. Il mangea les haricots à la cuillère et ne fit qu'une bouchée de la viande. Il avalait presque sans mastiquer, faisant glisser la nourriture à grandes lampées de café brûlant.

– Ne mange pas si vite, lui dit Edna.

Il rompit un autre bout de pain, jetant un bref coup d'œil au visage maigre et contrarié d'Edna. Puis il enfourna une cuillerée de haricots rouges. Il avalait avec une sorte de frénésie, comme s'il disputait un concours de vitesse. Edna reprit :

– Pour l'amour de Dieu ! Tu vas t'abîmer l'estomac...

Il acheva les haricots, but encore du café, lui en demanda une autre tasse. La nourriture tombait comme des cailloux dans son estomac. Edna remplit la tasse, la lui tendit et il la vida d'un trait, non par goût, mais dans l'espoir de diluer l'amalgame visqueux dans ses viscères. Il posa sa tasse, l'estomac un peu calmé. Edna lui demanda une cigarette; il en alluma deux et lui en tendit une. Il se détendit sur son siège, essayant d'apprécier l'arôme du tabac, mais n'éprouvant que la morsure amère de la nicotine.

Ils fumaient sans rien dire. Tout à coup, il remarqua :

– Hier soir, tu avais besoin de dix dollars pour tirer ton père de taule. Où as-tu trouvé l'argent ?

– Je n'ai pas eu besoin d'argent.

– Alors qui l'a fait sortir ?

– Hagen.

Lawrence, qui portait la cigarette à ses lèvres, interrompit son geste. Il observa la fumée montant en spirale. Il demanda :

– Ça s'est passé quand ?

– Aux alentours de midi. Quand il est rentré, je lui ai demandé qui avait payé la caution. Il m'a dit qu'il n'y en avait pas, que c'était une question de relations. Qu'il suffisait de connaître des gens bien placés, tels que Hagen.

Lawrence examinait sa cigarette, se disant que tout cela était d'une profonde simplicité et qu'il n'y avait vraiment pas de quoi en faire un plat. Hagen entretenait des rapports étroits avec certaines autorités locales, qui touchaient régulièrement des pots-de-vin pour fermer les yeux quand avaient lieu les livraisons d'alcool dans les estaminets de la Rue. Il s'agissait de relations amiables fondées sur un système d'échange de faveurs. Hagen donnait chaque semaine à ces gens haut placés plus d'argent qu'ils n'en recevaient de la municipalité. Tous avaient des familles à nourrir, et sans les libéralités de Hagen et consorts, ils auraient tiré le diable par la queue, renoncé à leurs uniformes et cherché des boulots mieux payés. Il n'y avait ni regrets ni remords dans leurs contrats tacites avec les Hagen. Rien qu'un accord commercial respecté de part et d'autre. Lawrence poursuivant son raisonnement imagina comment Hagen avait tiré son beau-père de prison. Hagen avait donné un coup de téléphone, ou avait dit deux mots discrets à quelqu'un qui avait répondu en souriant : « Bien sûr, Matt, c'est sans problème. » Puis une grille s'ouvrait et le vieux George demandait : « Qui m'a fait libérer ? » et le visage immobile qui surmontait l'insigne doré répondait : « Ton ami Matt Hagen. » Alors bien sûr le vieux s'était gratté la tête en se demandant ce qui se passait, ignorant que son gendre avait été accepté dans l'organisation, et était à nouveau le vieux copain de l'homme qui adorait rendre service à tous ses vieux copains... tant qu'ils se montraient dociles et réguliers.

– Je sais très bien que mon père n'est pas l'ami de Hagen... je me demande ce que ça cache.

Il la regarda. Elle se penchait en avant, les coudes sur la table. Ses yeux étaient deux ballons translucides flottant au milieu de son visage. Et elle demanda très calmement :

– Qui t'a cassé la figure, la nuit dernière ? D'où te viennent tous ces bleus ?

– Quels bleus ? murmura-t-il stupidement.

Il promena ses doigts sur sa pommette meurtrie, sa lèvre fendue, l'hématome de son arcade sourcilière. Que dire à Edna ?

– Qui t'a frappé ? insista-t-elle.

– Oh, laisse tomber.

– Non, réponds-moi.

Il secoua sa cendre dans la tasse vide.

– Je ne sais pas, j'étais saoul.

– Tu étais saoul, toi ? Tu ne bois jamais !

– Eh bien, j'ai bu la nuit dernière, voilà. Tu as des objections ?

Elle regardait le sol. Elle reprit avec obstination, comme pour crever l'abcès :

– J'ai besoin de savoir... Pourquoi es-tu allé chez cette fille ?

Pas de réponse. Elle reprit d'un ton angoissé :

– Pourquoi es-tu allé là-bas ? Qu'est-ce que tu as fait toute la nuit ?

– J'ai perdu connaissance.

– Et puis quoi ?

– Rien. J'ai perdu connaissance. Je me suis endormi, si tu préfères.

– Où ça ? Dans quelle chambre as-tu dormi ?

– Qu'est-ce que j'en sais ! cria-t-il. Je te dis que j'étais ivre-mort ! J'ai encore la gueule de bois. Je ne me souviens de rien !

Elle se tint tranquille un moment. Puis elle constata :

– Tu mens.

Il respira profondément.

– Mais qu'est-ce que tu veux, à la fin ?

– Simplement la vérité. C'est tout ce que je demande.

Il s'affaissa sur sa chaise, comme si des poids énormes pesaient soudain sur ses épaules. Il dit avec lassitude :

– Tu sais parfaitement ce qui s'est passé alors à quoi bon me cuisiner ? Tu cherches une dispute ou quoi ?

– Je ne veux pas discuter. Je suis seulement inquiète. J'ai peur...

Elle se dressa.

– Jusqu'ici, tu as réussi à rester en-dehors de tous ces truands, de tous les ignobles voyous de cette rue. Et voilà que tu te mets de leur côté... Pourquoi ? Qu'est-ce qui s'est passé ? Pourquoi te compromets-tu avec Hagen ?

A son tour, il bondit sur ses pieds, excédé, et quitta la cuisine. Dans la chambre, il se mit à chercher son casque protecteur. Edna le rejoignit, claquant la porte derrière elle, et s'y adossant, haletante. Lawrence grommela :

– Où est mon casque ? Où as-tu mis cette saloperie de casque ?

– Ecoute, Chet...

– J'ai assez écouté. Et tu en as déjà trop dit.

Ouvrant le placard, il avisa son casque sur une étagère, s'en empara et voulut sortir. Edna le lui interdit, ses bras étendus en travers de la porte. D'un geste rude, il lui ordonna de s'écarter, ce qu'elle ne fit pas.

– J'ai deux heures de retard, maintenant. Tu veux me faire perdre ma journée ?

– Ton sale boulot attendra. Il y a plus important. Nous avons à parler de tout ça.

– Il n'y a rien à dire ! Ecarte-toi de cette porte.

– Je ne bougerai pas, lança-t-elle, un pli amer

aux lèvres. Tu ne sortiras pas d'ici avant de m'avoir expliqué ce qui s'est passé.

– Il ne s'est rien passé. Mais il va se passer des tas de choses désagréables si tu ne me fiches pas la paix.

Edna s'adressa au plancher :

– Maintenant, il va me taper dessus !

– Ça risque bien de t'arriver. Au moins, tu chialeras pour quelque chose.

– Très bien, cogne. Je suis là. Vas-y.

Lawrence se détourna d'elle, examinant le casque qu'il tenait. Il le balança à bout de bras et le jeta à travers la pièce. Le casque métallique fracassa le miroir de la coiffeuse, puis rebondit sur le sol, accompagné d'une cascade de débris. Lawrence alla le ramasser. Les lunettes d'amiante s'étaient brisées. Quand il se retourna vers Edna, elle s'approchait du lit. Elle s'assit sur le bord, face à la fenêtre.

Elle sembla se parler à elle-même, comme si elle ne comptait plus sur lui pour l'écouter :

– Hier soir, quand nous avons mangé chez Sam, et que j'ai vu entrer et ressortir Hagen, j'ai eu une drôle d'impression. C'est difficile à décrire, un peu comme si j'avais froid, il me semble. Puis ensuite, j'ai bien vu que tu parlais avec Sam, et je me suis demandé pourquoi. Ce matin, j'ai vu Sam. Je lui ai posé des tas de questions et il n'a rien voulu me dire. Du moins en paroles. Mais son expression ! Rien qu'en regardant sa tête, j'ai su que tu t'étais mouillé dans une sale histoire. Alors depuis, je me pose des questions, je cherche à comprendre. Je suis assise devant la porte, et je te vois sortir de la maison d'en face, ce repaire d'ivrognes. Alors je me dis, non ce n'est pas Chet Lawrence. Ça ne peut pas être Chet que je vois sortir de cette maison-là. Mais c'était toi. Ou plutôt ce n'était pas toi. Tu n'étais plus le même homme. Plus l'homme qui a été mon mari pendant toutes ces années. Rien qu'un bon-à-rien comme les autres. Un cloporte sortant d'une flaque de boue.

Il aurait voulu parler, mais ses lèvres étaient soudées. Edna reprit :

– J'ai toujours eu peur de ça. Je savais que ça se produirait tôt ou tard. Quand un homme vit dans un voisinage pourri, il finit par être contaminé... Crois-moi, Chet, je ne te critique pas. Je te le jure, je ne te critique pas.

Elle attendit une réplique, en vain. Elle dit doucement :

– Viens ici, Chet, viens près de moi.

Il ne bougea pas. Seul son casque se balançait lentement entre ses mains.

– Je t'en prie, assieds-toi auprès de moi. Je t'en supplie.

Il finit par obéir. Lui prenant le casque des mains, elle le posa à terre.

– Ne va pas travailler aujourd'hui. Reste avec moi.

Les épaules de l'homme se courbèrent. Il se frotta les yeux.

– Nous allons sortir, dit Edna. Il fait un beau soleil. Allons nous promener dans le parc.

– C'est ça. On cueillera des fleurs.

Elle s'approcha de lui.

– Viens, allons dans le parc, comme autrefois. C'est si beau au printemps. Tout cet air pur... Le lac, les enfants avec leurs bateaux... En prenant le tram, nous y serons en un quart d'heure. On y restera jusqu'à la nuit. Ça nous donne au moins quatre heures dans le parc.

– Et après ?

– Nous rentrerons à la maison...

– La maison !

Elle garda le silence un moment, puis :

– Il y a un poème qui dit que rien ne vaut sa maison, on peut le prendre dans des sens différents; j'imagine que tout dépend de l'endroit où l'on vit.

– Et avec qui l'on vit, ajouta Lawrence.

Elle le regarda avec une profonde tristesse.

– Pourquoi dis-tu ça ?

– Je n'en sais rien, murmura-t-il. Tout est tellement brouillé dans ma tête que je parle sans réfléchir... Une balade dans le parc. Comme si c'était un remède. Comme de prendre un cachet d'aspirine pour la migraine. Mais après, au bout d'un rien de temps, la migraine revient te défoncer le crâne. C'est pourquoi il faut trouver un meilleur médicament.

– Lequel, par exemple ?

– J'aimerais bien le savoir.

– Tu le sais, mais tu n'as pas envie de m'en faire profiter.

Il regardait par la fenêtre. Il dit :

– Tu feras toujours partie de mes projets. Je pense que nous devrions faire nos valises et foutre le camp d'ici.

– Tu es sérieux ?

– Oui.

Son regard traversait le triste mur de bois et distinguait de l'herbe, des arbres, une douce vallée. L'espace d'un instant, il respira à pleins poumons l'air pur d'un pays merveilleux où aucun tramway ne le ramènerait jamais dans la Rue. Regardant sa femme, il dit :

– Allons-nous-en !

– Où ça ?

– Le plus loin possible. C'est la première chose. Partir d'ici. Après, nous trouverons toujours un endroit pour nous caser.

Il lui saisit les mains, les serra fort.

– Je vais te dire ce qu'on va faire. On va partir, droit devant nous, jusqu'à ce que nous trouvions un endroit où nous ayons envie de rester. Alors nous nous arrêterons, et nous y resterons.

– Tu penses vraiment ce que tu dis ?

– Sinon, je ne le dirais pas. Partons, Edna. Nous partons tout de suite.

- Tout de suite ?

– A l'instant même. On fait nos bagages et on s'en va.

– Et ton travail ?

– Au diable !

– Et mon père ? Et mon frère ? Et Connie ?

– Tous au diable !

Son regard était fiévreux, comme celui d'un renard tentant de s'arracher à un piège.

– On s'en va, on s'en va ! Il n'y a rien qui nous retienne ici !... Cent kilomètres, mille kilomètres ! Plus ce sera loin, mieux ce sera ! Et nous n'irons pas dans une ville. Je ne veux plus voir de rues, de pavés crasseux, de bouteilles cassées. Plus rien de tout ça ! Nous irons loin de tout, et loin de tous !

Il marchait de long en large. Il claqua des mains :

– Cette fois, c'est décidé.

– Non, lança Edna.

Ce cri le stoppa net dans son enthousiasme. Il s'immobilisa, comme une marionnette aux fils brisés. Elle disait :

– Nous ne pouvons pas, Chet. Nous ne pouvons pas partir comme ça, en abandonnant George et Paul. Pour Connie, je me fais moins de souci, elle se débrouillera toujours. Mais mon père, mon frère, tu sais comment ils sont. Si nous ne sommes plus ici pour les loger et les nourrir, ils ne sauront ni que faire ni où aller. Des chats de gouttière affamés... Non, je ne peux pas les laisser, je n'ai pas le droit...

Il la comprenait. D'autant mieux que lui-même n'aurait pas pu partir sans elle.

Il se pencha pour ramasser son casque. Il commença d'ôter les fragments de verre cassé. Il murmura :

– Il faudra que je remplace les verres. Je ne peux pas travailler sans ça.

– On ne va plus dans le parc ?

– Si je trouvais des verres fumés, j'arrangerais ça moi-même...

– Chet, je t'ai posé une question. La promenade ? On n'y va plus ?

Soulevant la partie mobile du masque, il laissa courir ses doigts sur les bords de la fente ajourée. Il évalua la largeur de l'arête où s'ajustaient les verres.

– Avec des pinces, ça devrait marcher, murmura-t-il. Tout ce qu'il me faut, c'est une plaque de verre fumé.

Edna se leva, lança d'une voix un peu trop aiguë :

– Je te parle ! Le moins que tu puisses faire, c'est de me regarder en face !

Abandonnant son examen du casque, il regarda la petite souillon maigre, le visage blafard de cette femme qui faisait la cuisine, les lits et grattait les sols. Il regarda cette ménagère qui connaissait sûrement par cœur le contenu de chaque cagibi, de chaque placard, et lui demanda :

– Nous avons du verre fumé dans cette maison ?

Elle ferma les yeux, les garda clos un long moment, puis :

– Je vais regarder. Peut-être qu'il y en a dans la cave.

Elle quitta la pièce.

Lawrence se tourna vers la fenêtre et regarda le mur vermoulu de la maison de bois, de l'autre côté de la ruelle.

– IX –

Il était minuit passé, et à la gare des marchandises les ouvriers de l'équipe de nuit posaient leurs outils, détendaient leurs membres et essuyaient leurs visages noirs de cambouis et humides de sueur. Quelqu'un dit à Lawrence que la journée était finie, mais il n'entendit pas. Il travaillait sur une section de rail très endommagée, ce qui retenait toute son attention. Les autres membres de l'équipe s'éloignèrent, laissant Lawrence courbé sur l'acier qu'il fallait souder. Avec ses doigts, il calibra la fissure, puis coiffa son casque dont il abaissa la visière devant ses yeux. Il empoigna le chalumeau. Une langue de flamme jaune jaillit de la buse, et il régla la flamme de manière à la raccourcir. De jaune vif, la flamme se fit orangée, puis bleue.

A travers les verres protecteurs, il voyait une piscine remplie d'eau azurée, ou peut-être était-ce un jardin où fougères et bleuets dansaient dans une poussière d'étoiles. A d'autres moments, c'était un rideau de velours bleu éclatant parsemé de millions de gemmes mobiles. Mais dès que la flamme mordit le métal, le spectacle devint totalement différent.

Il y avait une salle, située tout en haut d'une tour. Dans cette tour régnait une lumière blanche éclatante. Les murs étaient bleus. Sur une table d'argent, le patient était étendu à plat-ventre, ses membres brisés caressés par la flamme. Puis les fractures se renforcèrent progressivement, furent rapprochées, puis ressoudées de sorte que la guérison fût complète et que les membres pussent fonctionner à nouveau. A l'abri du masque, les yeux de l'opérateur étaient attentifs et calmes, manifestant une sérénité absente quand le masque était retiré. Car le masque protecteur faisait office de tapis volant qui l'emportait très haut, très loin du temps présent et du décor sinistre où il n'avait aucune initiative, où rien n'avait de sens, où n'existait aucune véritable valeur. Tout là-haut, dans la salle blanche et bleue, il faisait quelque chose d'utile. Ce bout de rail avait besoin d'être réparé, et il le réparait. Sans penser à rien, sans rien souhaiter, sans rêver. Agir. L'acier était tordu, fissuré, il le consolidait, l'aplanissait, le remettait à neuf. Comme si le chalumeau autogène était un instrument chirurgical; comme si les mains, les yeux, le cerveau qui le manipulaient étaient d'une utilité sans prix. Une fois en haut de sa tour, il chérissait la solitude, la flamme bleue coupante, nette et précise, les étincelles jaillissant vers ses yeux lui disant des choses réconfortantes. Lui disant que cet homme-là pouvait examiner un acier malade, diagnostiquer sans se tromper, puis le guérir. Puis dès que la flamme s'éteignait, que les étincelles disparaissaient, ses yeux, derrière le masque, redevenaient tristes.

Son casque ôté il se redressa et secoua les épaules pour détendre ses muscles et chasser la douleur de ses reins. Puis il ramassa les outils, les rangea dans la grande boîte métallique qu'il alla déposer dans le hangar. Quand il en ressortit, il avait le casque sous le bras et une cigarette allumée à la bouche. Il traversa l'enchevêtrement de rails, longeant une voie de garage. Il lança un regard d'envie aux wagons de marchandises. Dans quelques heures, ces veinards se mettraient à rouler pour aller quelque part. Ils aboutissaient toujours quelque part. Ils bougeaient, voyageaient sur les rails, tandis que l'homme qui réparait les rails restait fixé ici comme un poteau planté dans un bloc de ciment.

Se dirigeant vers la sortie, il passa devant la fenêtre de la cabane où le contremaître le salua du geste. Traversant la Huitième Rue, il parvint sur le pavé inégal de Ruxton Street qui se déroulait devant lui en ondulant, sa surface luisant au clair de lune comme la robe d'écailles d'un reptile. Traversant la Septième Rue, il écarta d'un coup de pied une boîte de conserves vide, qui roula longtemps le long du trottoir avec vacarme. Plus loin, un bruit différent le fit tressaillir, tourner la tête vers un porche obscur. C'était une voix qui prononçait son nom.

– Lawrence ?

– Qui est là ?

– Sam.

L'homme de couleur sortit de sa cachette, grand, calme et détendu. Il ne portait ni sa casquette noire et verte ni son tablier, mais un complet foncé, une chemise blanche et une cravate noire. Bien que le col de la chemise fût élimé et que le complet ait besoin d'un bon coup de fer, il était manifeste que Sam s'était fait beau pour la promenade du dimanche ou un rendez-vous d'affaires. Lawrence se demanda ce qui l'avait attiré hors de son restaurant.

– J'ai pris ma soirée, dit Sam. C'est toi que j'attendais.

– Moi ?

Lentement, Sam inspecta les quatre points cardinaux, puis murmura :

– Marchons, frère. Allons quelque part.

– Pourquoi ça ? fit Lawrence sans bouger.

– Pour discuter. J'ai l'impression que nous avons à parler.

Sam se mit à marcher. Lawrence, après un moment d'hésitation, emboîta le pas du grand Noir, dont il pouvait voir le profil hiératique surmontant le col amidonné solennel et la cravate grossièrement nouée.

Ils marchaient rapidement, et Lawrence se demandait vers quel but. Sam déambulait d'un pas mécanique, les bras se balançant au rythme d'une marche militaire.

– Tournons ici, dit Sam.

Quittant la Rue, ils empruntèrent une ruelle étroite que bordaient des deux côtés des cabanes en papier goudronné. Lawrence piétina quelque chose : une boîte de carton dont la marque, bien visible dans le clair de lune, était celle d'un tabac à priser. Quelques pas plus loin, il dérapa sur une épluchure de pastèque, et faillit tomber.

– Attention où tu mets les pieds, fit Sam. Ici ils ne connaissent pas la boîte à ordure, ils flanquent tout par la fenêtre pour les chiens et les chats.

Il fraya le passage devant Lawrence, évitant les immondices dont chiens et chats ne voulaient pas. Derrière une fenêtre, Lawrence entendit une voix féminine à l'accent du sud :

– Chéri, sors du lit, je ne joue pas avec toi, retourne par terre.

Derrière une autre fenêtre, un homme disait :

– L'autre nuit, j'ai rêvé du trois, du neuf et du quatre. Tu peux me faire confiance, c'est ce que je vais jouer dorénavant !

D'autres fenêtres entrouvertes suintaient d'autres voix, des vieilles qui chantaient des spirituals, des jeunes qui tentaient d'imiter Ella Fitzgerald ou Billy Eckstine. Les cahutes étaient obsures pour la plupart. Celles qui étaient éclairées l'étaient chichement, comme si leurs occupants répugnaient à éclairer la ruellè tant l'électricité leur coûtait cher. La lumière parcimonieuse provenait d'ampoules bleues, vertes ou rouges. L'on captait des odeurs de cuisine tardive, boulettes, pieds de porc, maïs grillé. Un arome bien plus capiteux domina les autres, et Lawrence reconnut le parfum âcre de l'herbe magique, celle qui faisait flotter les fumeurs comme autant de cerfs-volants dans la brise, leur faisant oublier leur misère quotidienne, leurs vêtements de seconde main et leurs toits de carton goudronné. Un phonographe jouait en sourdine; d'innombrables violons semblaient accompagner la voix incomparable de Louis Armstrong, harmonie rocailleuse dévalant une montagne, évoquant le souvenir d'une lune pâle brillant à travers les arbres, de bateaux à vapeur descendant un fleuve. Sam grommela : « Viens, mon gars » et il suivit Sam dans la ruelle jusqu'à ce que Sam dise : « Nous y sommes » en grattant à une porte. La porte s'ouvrit presque aussitôt, comme si la femme avait attendu, la main sur la poignée. Très grosse, les cheveux blancs, la peau couleur de raisin noir, elle se tenait immobile dans la lumière rougeâtre d'une ampoule nue. Puis elle recula pour permettre aux deux hommes d'entrer, et Sam ferma la porte.

Dans la lumière avare, Lawrence découvrit une pièce au sol recouvert d'une natte, sur laquelle on avait jeté comme au hasard des coussins et des meubles manifestement artisanaux. Le long des murs étaient disposées des poteries faites à la main. Puis il vit l'étagère qui supportait une série de têtes sculptées en bois, grandeur nature. Le bois brut avait foncé en vieillissant; Lawrence s'approcha de ces masques inquiétants qui représentaient des hommes, des sorciers ou des dieux, puis son regard fut attiré, au-dessus de l'étagère, par une longue sagaie et un bouclier en forme de cœur suspendus au mur. Il ne s'agissait pas là de souvenirs de voyage mais d'objets prêts à servir en cas de besoin. L'on se serait cru dans la hutte d'un village africain. Les poumons de Lawrence s'emplissaient d'un air chaud, épais comme du sirop. L'illusion s'intensifia; il entendait presque les roulements de lointains tam-tams, les chants tribaux et le crissement des criquets dans l'herbe haute. Afin de rompre le charme, il baissa les yeux vers l'autre côté de la pièce et vit trois noix de coco.

Il pivota lentement pour examiner l'énorme femme aux cheveux blancs, mais elle se dirigeait vers un rideau, sans bruit, comme si elle flottait au-dessus du sol, masse énorme qui semblait ne rien peser. Elle franchit le rideau qui bougea à peine quand elle eut disparu.

Sam s'était allongé sur un divan d'osier au ras du sol, couvert de coussins, et Lawrence, s'asseyant auprès de lui, attendit que le Noir daigne lui parler.

Mais il n'y avait que du silence dans ce brouillard rougeâtre, que les visages de bois sur le mur d'en face, que la sagaie et le bouclier inertes et menaçants. Derrière le rideau, rien ne bougeait, et Lawrence s'imagina la femme aux cheveux blancs se mouvant au-dessus du sol. Donnant un coup de coude à Sam, il lui demanda :

– Dis-moi ce qui se passe ici ? Qu'est-ce qu'on est censé faire ?

La réponse vint dans un chuchotement :

– Ne me bouscule pas, frère. Avant de te parler, il faut que je *me* parle. Je veux que tu comprennes bien, et je ne peux pas tout te dire en même temps. J'ai besoin d'éclaircir mes idées d'abord. Etre sûr de ce que je vais dire.

– Accouche donc ! Pas besoin de me faire un discours en trois points !

Le Noir baissa la tête, frotta ses doigts sur son front.

– Je n'ai encore jamais fait ça auparavant. C'est du nouveau pour moi, et je ne sais pas par quel bout démarrer.

– Ecoute, Sam, je n'ai pas toute la nuit devant moi. Je suis crevé. J'ai besoin de dormir.

– Tout comme moi. Dormir...

– Qu'est-ce qui t'en empêche ?

– La Chinoise, fit Sam.

Lawrence se raidit, tourné vers le Noir. Dans la lumière fuligineuse, le visage de Sam semblait taillé dans l'ébène, comme les sculptures sur l'étagère.

Sam se souleva de son siège, alla jusqu'à l'étagère où il posa les mains, le visage levé vers l'alignement de dieux et de sorciers comme s'il quêtait leur approbation avant de prendre la parole. Cela dura longtemps, puis il se retourna vers Lawrence.

– Depuis hier, je transporte un poids énorme, ici, dit-il en se frappant la poitrine. Ce soir, c'est devenu trop lourd pour moi, il fallait absolument que je m'en débarrasse. Je suis venu parler à cette femme.

Il désignait le rideau. Lawrence demanda :

– Qui est cette femme ?

– Rien qu'une très vieille femme, avec plein de sagesse dans la tête. Je te le dis, mon gars, de la sagesse, elle en a, et autre chose aussi. Je n'ai pas le droit de te dire quoi, mais c'est là.

Le brouillard rouge formait un halo autour de l'ampoule.

– C'est une vieille femme très avisée, pleine d'expérience. Ces statues que tu vois remontent à onze générations. La vieille est issue d'une famille qui a régné sur une île plus de mille ans durant. Aucun de ses membres n'a jamais porté de chaînes. La sagaie et le bouclier, là-haut, son père s'en servait quand il est mort. Elle a quitté cette île il y a vingt ans, mais elle prétend ne jamais l'avoir vraiment quittée. Voilà pourquoi tu ne l'as jamais vue dans la Rue. Claquemurée dans cette case, elle continue de régner sur son île.

Lawrence eut l'impression que la brume ne provenait pas de l'ampoule au plafond, mais d'un endroit situé très, très loin de cette pièce. Sam reprit :

– Ce soir, j'ai fermé le restaurant à dix heures et demie. Je suis rentré prendre un bain. J'ai mis les habits du dimanche. Et puis je suis venu ici, lui raconter mes problèmes. J'ai parlé pendant plus d'une heure. Elle m'a écouté. Quand j'ai eu fini de parler, elle a réfléchi longtemps, et finalement elle m'a dit ce que je devais faire. Alors maintenant, je sais. Et je vais le faire.

Lawrence regardait la natte étendue sur le sol. Il se demandait ce qui l'empêchait de se lever et de partir.

– Il vient un moment où le couvercle de la bouilloire saute. C'est ce qui s'est passé pour moi la nuit dernière, sur le coup de trois heures et demie. Je suis en train de préparer un sandwich pour un ivrogne, et voilà Hagen qui s'amène avec ce petit magouilleur qu'il appelle Pancho. L'ivrogne s'en va et Hagen commence à parler. Ce Pancho regarde dans ma direction, et Hagen lui dit de ne pas s'en faire, que Sam est régulier, et que Sam peut tout entendre. Là-dessus il continue de parler de cette petite Chinoise. Il raconte tout ce qu'il lui a fait et tout ce qu'il compte lui faire pour la rendre docile. Et puis il me demande de préparer un casse-croûte pour la petite, qu'il lui portera dans la chambre.

Lawrence garda obstinément la tête basse. Le brouillard pourpre tournait et dansait tout autour de lui. Sam dit :

– Tu entends ce que je te dis ? Il tient cette fille prisonnière, dans une chambre...

– C'est son affaire, pas la mienne.

– Maintenant, c'est ton affaire aussi.

– Non, lança Lawrence. Toi, tu as besoin d'une bonne douche, glacée. Ça te rafraîchira les idées.

– Il l'a enfermée, je te dis. Il va la détruire à petit feu.

– Ça va, Sam. Ne me casse plus les pieds avec cette histoire.

– Écoute-moi. Tu ne te rends pas compte ! Tu crois que je dis n'importe quoi, mais je te répète exactement ce qu'ils ont dit, et quand moi je te dis qu'il est en train de la détruire, ce n'est pas une figure de style ! Hagen a dit...

– Je ne veux pas savoir ce qu'il a dit ! gronda Lawrence.

– Comme tu voudras. Mais Pancho a éclaté de rire. Ça, je peux te le dire ? Il a ri, alors Hagen l'a regardé et lui a dit qu'il n'y avait vraiment pas de quoi rire. Et je te jure qu'il avait l'air vraiment triste !

– X –

Lawrence éprouva le poids du silence, comme si l'absence de bruit était tangible. Il regardait au-delà du Noir, les poteries grossières rangées à même le sol. Levant les yeux, il examina la sagaie, le bouclier, comme si ces objets inanimés allaient lui transmettre un message. Des idées voltigeaient autour de lui, et il tentait de les éloigner. Il entendit Sam murmurer :

– Je dois tenter quelque chose pour cette fille.

Le silence retomba, épais comme une gangue de plomb. Sam reprit :

– Seul, je ne peux rien faire.

– Ne me regarde pas.

– C'est toi que je regarde, frère.

– Ne compte pas sur moi.

– Pourquoi ?

– Tu le sais parfaitement. Pas plus tard qu'hier soir, tu me conseillais d'avoir peur. Eh bien c'était un excellent conseil, et je le suis.

– Je t'en prie, oublie ce que je t'ai dit. Ce n'est pas moi qui parlais !

Lawrence se leva.

– Il est tard, Sam. J'en ai marre.

– Reste encore un moment. Je veux que la

vieille femme te parle. Je veux qu'elle te répète ce qu'elle m'a dit.

– Ça ne m'intéresse pas.

– S'il te plaît, Lawrence. Rien qu'une minute ! Accorde-moi ça, au moins !

Lawrence avait la main sur la poignée de la porte. Il commença de l'ouvrir. Puis la repoussant, il gronda, tourné vers Sam :

– Fous-moi la paix, Sam. Tu m'écoutes ? M'emmerde plus !

– Très bien, mon vieux. La porte n'est pas fermée, tu n'as qu'à t'en aller.

Il rouvrit la porte, fit un pas au-dehors, puis se ravisa, claqua le battant et lança :

– Cette fille Chinoise n'est pas mon problème. Des problèmes, j'en ai bien assez comme ça !

Sam retourna s'asseoir sur le lit bas et parut s'absorber dans la contemplation du plafond. Lawrence marmonna un juron, se cogna violemment la paume du poing et cria à l'adresse du grand Noir :

– Nom de Dieu, ne me dis pas ce que j'ai à faire ! Personne ne me mouillera dans une histoire dont je me fous, tu m'entends ? Si tu as besoin d'aide, trouve quelqu'un d'autre !

– C'est impossible.

– Et pourquoi pas ? Je ne suis pas le seul homme, dans ce quartier !

– Ce ne sont pas des hommes. Rien que des lavettes.

– Adresse-toi aux flics, alors !

Sam secoua la tête.

– Ça non plus, je ne peux pas le faire. Je peux faire confiance aux flics pour surveiller ma boîte, et encore ! Tu les connais, les flics du quartier. Ils s'attaquent au menu fretin, et ils laissent les grosses pièces en liberté. La ville les paye pour faire respecter la loi et l'ordre ! La ville pourrait économiser son argent et embaucher davantage d'éboueurs !

– D'accord, pas les flics. Qui, alors ?

La lèvre inférieure de Sam forma une moue dubitative.

– Qu'est-ce que ça peut te faire ?

– Je te demande.

– Je crois que j'agirai tout seul.

– Tu finiras au cimetière.

– Je serai prudent.

– Tu es cinglé, Sam.

Le Noir déploya sa haute carcasse, très lentement, s'approcha du mur où sagaie et bouclier luisaient faiblement, renvoyant des reflets noirs, verts et jaunes. Il se concentrait sur la sagaie. Sa voix se fit très basse, très lourde.

– Le couvercle saute, l'eau déborde. On ne peut pas échapper à ça. On ne peut pas échapper à la douleur. Même si on fait semblant de l'ignorer, elle est toujours présente. Il faut faire quelque chose, pourtant. Garder la tête haute, un peu au-dessus des autres.

Lawrence s'apprêtait à sortir, mais c'est alors qu'il vit le rideau s'écarter et la vieille femme rentrer dans la pièce. Elle glissa dans sa direction, environnée d'une écharpe de brume rouge. Ce visage qui s'approchait de lui n'appartenait pas à un être vivant, et pourtant ses yeux renfermaient plus de vie qu'il n'en avait vu dans aucun autre regard. Il s'adjura de sortir de ce guêpier, tenta de tourner le bouton de la porte, qui refusa de bouger.

La femme se tenait si près de lui qu'il pouvait

sentir son haleine sur sa joue, l'odeur de son corps. Un feu d'herbes sauvages mêlées de menthe. Ce parfum ne devait rien aux eaux de toilette, c'était la senteur naturelle de sa peau. Une odeur qui jaillissait d'elle en même temps que l'étincelle de son regard. Elle ne dit rien, se contentant de le regarder fixement. Cela dura plus d'une minute. Elle demanda enfin :

– Quel est ton métier ?

– Je répare des rails de chemin de fer.

Elle désigna le casque protecteur qu'il n'avait pas lâché.

– Ça sert à quoi ?

– Ça m'évite d'avoir les yeux brûlés.

– Quels rails répares-tu ?

– Ceux de la gare de marchandises.

– Où vis-tu ?

– A Ruxton Street.

– Pas dans les entrepôts ?

– A Ruxton.

Il fronça les sourcils, se demandant où elle voulait en venir, si seulement elle voulait en venir quelque part. Après tout, ce n'était qu'une vieille femme à l'esprit dérangé. La femme dit :

– Ruxton, c'est une mauvaise rue. C'est un cloaque.

– Oui, je sais.

– Cette rue a besoin d'être nettoyée.

Lawrence vit que Sam, qui jusque-là s'était absorbé dans l'examen de la sagaie, s'était retourné et regardait la femme. Elle dit :

– Tu répares les rails à la gare, mais tu vis dans une rue qui a grand besoin d'être réparée. Plus encore que les rails du chemin de fer.

Lawrence cligna plusieurs fois des yeux. La femme reprit :

– Tu comprends ce que je te dis ?

Incapable de répondre, il entendit Sam dire :

– Bien sûr, il comprend. Mais ça ne le touche pas. Il préfère ne s'occuper de rien.

– Laisse-le parler.

Mais Lawrence demeura immobile, muet. Elle fit :

– Tu dois faire ce qui est bien. Tu dois réparer cette rue, où tu vis.

– Avec quels outils ?

– Avec ton cœur. Avec beaucoup de cœur.

– Il en faudra bien plus.

La femme secoua la tête :

– C'est tout ce qu'il faut. Beaucoup de cœur. C'est une force immense. Du feu dans le sang.

Sam approuvait de la tête. Lawrence lui lança :

– Tu t'es fourré dans un drôle de truc !

Les yeux de la femme lançaient des éclairs.

– Je vais te dire ce que j'ai dit à Samuel : aucun homme n'est partout, mais chaque homme est quelque part. L'homme doit savoir où il est. Regarder autour de lui ce qui se passe. Faire ce qui doit être fait. Écoute-moi, je t'en prie. Regarde-moi. Réfléchis.

Il ne parvenait ni à la regarder en face, ni à penser autre chose que « elle est complètement folle. La seule chose à faire c'est de rentrer me mettre au lit. »

Ouvrant la porte pour de bon, il s'empressa de sortir et quitta rapidement la ruelle sans regarder derrière lui. Puis, alors qu'il approchait de chez lui il avisa une automobile garée de l'autre côté de la rue, juste devant la maison de Bertha. Une conduite intérieure flambant neuve, longue et lisse, aux chromes étincelants, de couleur vert pâle.

A trois heures du matin, il était encore assis sur le bord du lit, se disant qu'il ferait aussi bien de se lever puisque de toute façon il ne dormirait pas.

Regardant par la fenêtre, il vit qu'un ruban de clarté lunaire se détachait sur les planches pourries de la bâtisse au-delà de la ruelle. Le rayon de lune se déplaça lentement, se posa sur lui, puis le dépassa; il suivit des yeux le reflet blafard, flottant sur le visage d'Edna. Elle respirait bruyamment dans son sommeil, la bouche entrouverte. Il écouta son souffle. Edna semblait geindre.

Lawrence quitta le lit, alla dans la salle de bains et but un verre d'eau; puis il revint avec regret dans la chambre. Il essaya le truc qui consistait à reposer sur le dos, un bras pendant du lit. Il s'installa dans cette position pendant une vingtaine de minutes sans trouver le sommeil, les yeux fixés au plafond. Puis il capta un bruit de voix provenant de la chambre voisine, où Paul et Connie étaient au lit, et le vieillard dans son sac à viande.

Pourtant, comme il s'en rendit compte en écoutant, certains changements s'étaient produits dans le rituel du couchage. Connie avait jeté Paul hors du lit conjugal, où le vieux s'était glissé aussitôt auprès d'elle. Mais cette nuit-là, le projet du vieux ne se concrétisait pas. De toute évidence, Connie n'avait pas bu suffissament de gin pour accueillir favorablement ses avances. Elle criait presque; Paul la priait de se taire. Elle lui disait :

— Lève-toi et ramène ce vieux porc à sa litière !

– Oh, il ne te fait pas grand mal !

– Il me pelote.

– Je ne fais rien de tel ! s'exclama le vieux.

– Espèce de sale menteur !... Paul, arrête de regarder ! Fais quelque chose, à la fin !

– Qu'est-ce que tu veux que je fasse !

– Sors-le d'ici ! Remets-le à sa place !

– Je suis trop crevé, dit Paul.

Le calme revint un moment, puis Lawrence entendit glapir Connie, crier le vieux et protester Paul, concert qui fut suivi d'un bruyant remue-ménage, de claques et de coups divers. Le vieux se mit à pleurnicher :

– Elle m'a battu !

– Espèce de vieux dégueulasse ! cria Connie.

On entendit un autre choc sourd, et le vieux brailla :

– Elle veut m'assommer !

– Je vais lui casser la tête !

– Oh, laisse mon père tranquille !

– Sors ce vieux bouc de mon lit ! brailla Connie.

– D'abord, pourquoi l'as-tu laissé y entrer ?

– Le laisser entrer ? Tu crois qu'il m'a demandé la permission ?

Le vieux chevrota :

– Je pisse le sang. Je crois bien qu'elle m'a fracturé le nez.

– Et je vais te fracturer le crâne si tu n'enlèves pas tes sales pattes gluantes !

– Passez-moi un mouchoir, je saigne du nez !

– Donne-lui un mouchoir, dit Paul.

– Donne-lui toi-même. Après tout, c'est ton père !

Le remue-ménage reprit, bruit de tiroirs ouverts puis fermés. Paul demandait à Connie où elle rangeait les mouchoirs, tandis que son père l'implorait de faire vite car il se vidait de tout son sang et s'il n'avait pas un mouchoir tout de suite il faudrait appeler une ambulance. Connie encouragea vivement le vieux à saigner à blanc, et qu'il crève, le plus tôt serait le mieux. C'était tout de même un monde qu'une femme honnête ne puisse pas se coucher dans son propre lit sans qu'un vieux batracien puant ne vienne la tripoter partout. Paul annonça qu'il ne trouvait aucun mouchoir, et conseilla au vieux d'utiliser la taie d'oreiller. Connie dit qu'elle avait besoin d'un remontant. Le vieux dit que lui aussi, ça s'imposait. Paul admit que ce serait une bonne idée de sortir et d'aller se réconcilier autour d'un verre, à quoi Connie riposta qu'il conviendrait peut-être de se procurer de l'argent. Le vieux avoua alors qu'il lui restait quelques dollars gagnés lors d'une partie de passe anglaise dans la Troisième Rue. Paul et Connie poussèrent des cris de joie et Connie dit à son beau-père qu'il était un homme merveilleux et méritait un gros baiser, qu'elle était prête à lui donner. Le vieux répliqua que c'était un privilège d'être embrassé par une jeune femme aussi aimable, et qu'il était fier de l'avoir pour bru. Cependant, Paul les exhortait à s'habiller en vitesse. Le vieux se réjouit de sortir avec ses enfants, car rien ne lui donnait autant de plaisir qu'une bonne soirée en famille.

Lawrence les entendit sortir de leur chambre, déambuler dans le couloir, puis la porte d'entrée se ferma pour saluer leur départ. Mais pour lui ils n'étaient pas totalement partis; son esprit les suivait tandis qu'ils descendaient la Rue et pénétraient dans le bar le plus proche; il les vit ingurgiter le mauvais alcool qui effaçait comme par magie le souci du lendemain, du surlendemain, des jours suivants. Il se sentit affreusement solitaire, les envia violemment de pouvoir ainsi noyer l'avenir. Il aurait presque souhaité qu'ils l'invitent à l'accompagner dans leur beuverie.

Edna murmura quelques mots dans son sommeil. Elle se tourna sur le côté. Puis les yeux grands ouverts, elle le regarda dans le clair de lune qui inondait le lit.

– Tu ne dors toujours pas ?

– J'ai l'air de dormir ?

– Pourquoi ne dors-tu pas ?

– Je n'en sais rien.

– Il y a trop de lumière, dit Edna. On devrait acheter un rideau pour cette fenêtre.

Il s'accroupit sur le lit, genoux au menton. Sans quitter des yeux le mur de bois qui servait d'horizon, il murmura :

– Rendors-toi.

– Pas toi ?

– J'attends que ça vienne.

Elle posa une main sur son épaule.

– Tu as l'air complètement épuisé.

Il respira avec difficulté. Cette main sur son épaule ne pesait guère plus qu'une plume, mais ce poids lui semblait énorme, prêt à l'écraser. Il dit :

– Passe-moi mes cigarettes, sur la table de nuit.

– Tu vas fumer ?

– C'est généralement pour ça que je veux une cigarette. Pour la fumer.

La main cessa de peser sur son épaule.

– Tu n'as pas besoin d'être agressif. C'était une simple question.

– Tu veux bien me passer mes cigarettes ?

Edna tendit la main, puis lui tendit le paquet de cigarettes et la pochette d'allumettes. Il prit le tout sans lui accorder un regard. Fourrant une cigarette entre ses lèvres, il l'alluma très vite, comme s'il s'administrait des soins urgents. Edna dit qu'elle en fumerait bien une aussi, lui demanda de la lui allumer. Il se contenta de lui tendre le paquet et les allumettes. Haussant les épaules, elle alluma une cigarette. Ils fumèrent un moment, assis côte à côte, sans parler, sans se regarder. Puis Edna fit d'une voix unie :

– Tu as envie de moi, cette nuit ?

– Non.

– Viens, Chet.

– Non.

Il tira plus fort sur sa cigarette, rejeta la fumée dans une sorte de sifflement. Edna lui saisit le bras.

– Je t'en prie.

Il lui lança un regard rapide, puis se remit à fumer.

– Tu pourrais me regarder, au moins. Me parler.

Il se força à la regarder, à lui sourire.

– J'ai eu une dure journée. Le boulot, tout ça. Je suis fatigué.

– Pourquoi travailles-tu tellement ?

– Il faut bien remplir la glacière. C'est moi qui me dévoue.

– Voilà ! Tu trouves à redire !

– Ça va, ça va. Laisse tomber.

Il lui tapota l'épaule. La main d'Edna descendit lentement, tentatrice, le long de son bras, joua avec l'épaisse toison de son torse. Il ne portait jamais rien au lit, et se prit à souhaiter une chemise, un pyjama, voire une armure pour l'empêcher de toucher sa peau nue. La main descendit encore, caressa ses hanches.

– Arrête, dit-il.

La main continua sa lente progression.

Il achevait sa cigarette. L'ôtant de sa bouche, il laissa tomber un peu de salive sur l'extrémité incandescente pour l'éteindre. D'une chiquenaude, il expédia le mégot par la fenêtre entrouverte. Il essayait de s'abstraire de ce qu'Edna lui faisait avec sa main, de s'extraire de sa propre peau.

Il la regarda. Ses lèvres esquissaient un sourire crispé. Peut-être n'était-ce pas un sourire ? Ne s'agissait-il pas simplement d'un vernis recouvrant une grimace moqueuse ? Comme si elle voulait lui faire comprendre qu'il ne pouvait pas s'échapper, ne le pourrait jamais ?

La main le cajolait à présent, remuant à peine plus vite. Comme si elle essayait d'actionner une pompe; comme si elle ne manipulait pas un être humain mais quelque instrument de plaisir incapable de se dérober. Il regarda le clair de lune avec ressentiment, et le clair de lune lui adressa une grimace qui signifiait : inutile de te plaindre, tu as acheté le mobilier avec la maison, tu es obligé de le garder et de continuer à payer les traites.

Mais une pensée bouillonnait dans son esprit : ce n'est pas juste. J'ai déjà payé bien assez !

Avec une fureur soudaine, il empoigna Edna par les épaules, la rejeta à l'autre extrémité du lit si fort qu'elle faillit tomber à terre. Elle avait lâché sa cigarette, ne fit aucun mouvement pour la ramasser, regardant les petites braises s'attaquer à la couverture. Elle demanda d'un ton stupéfait :

– Pourquoi as-tu fait ça ?

Silence.

Edna ramassa la cigarette de ses doigts tremblants, essaya de la porter jusqu'à sa bouche, puis interrompit son geste pour murmurer :

– Tu me regardes comme si je n'avais pas le droit d'être dans ce lit.

Il lui adressa un mauvais regard. Elle reprit :

– Je suis chez moi, mon vieux, au même titre que toi.

– D'accord, d'accord.

– Nous sommes mariés, n'oublie jamais ça.

A nouveau, il regarda le clair de lune sur le mur. Il l'entendit dire :

– Je ne suis pas une putain que tu as ramassée dans la rue. J'ai une alliance au doigt, c'est toi qui l'y as mise. Et tu as signé un contrat. Un contrat que je ne te laisserai pas rompre.

– J'ai rompu un contrat, moi ?

Elle demeura interdite, comme si elle cherchait en elle la force de riposter. Finalement, elle lui jeta :

– Tu l'as rompu, pas plus tard que la nuit dernière !

Il tressaillit.

– Je ne voulais pas t'en parler, dit-elle. Mais tu dois bien te douter que je sais tout ! Je ne vais pas te laisser me ridiculiser. Ne me prends pas pour une idiote !

– Tu parles trop.

– J'ai le droit de parler. Et toi, tu vas m'écouter !

– Quel est ton but ? M'empêcher de dormir toute la nuit ?

– Oui ! Comme l'autre ! Cette pouffiasse de la maison d'en face. Les nouvelles vont vite, tu sais, surtout les mauvaises. Ce matin, chez le boucher, tout le monde s'est moqué de moi. Une vieille taupe s'est permis de me dire : « Ne te laisse pas abattre, ma chérie, ces bons-à-rien de Ruxton Street sont tous les mêmes ! » Je l'ai bousculée, je suis sortie, je ne savais plus où j'allais. J'étais comme un canard à qui on a coupé la tête...

Il lui dit :

– Jette ton mégot, tu vas te brûler les doigts.

Mais elle ne parut pas l'entendre. Penchée sur lui, elle suppliait et menaçait tout à la fois :

– Je veux que tu me promettes quelque chose, que tu le jures sur ta tête. Tu vas me jurer de ne jamais recommencer.

– Tu me donnes des ordres ?

– Je te dis ce que tu dois faire. Il n'y a pas d'échappatoire.

Il la dévisageait, furieux. Tous les voyous de Ruxton Street lui soufflaient une riposte. Il gronda :

– Ne me dis pas ce que j'ai à faire. Je ferai ce qui me plaît.

– Non, gémit-elle. Tu n'as pas le droit.

– Qui a dit ça ?

– Moi, je le dis.

– Et qui es-tu donc ?

– Ta femme. Celle qui partage ta vie !

Il poussa un ricanement amer.

– Tu appelles ça une vie ? Moi, j'appelle ça une mort lente.

Il vit le bout incandescent de la cigarette se ruer vers son visage.

Il voulut esquiver, mais trop tard; il ressentit la piqûre de guêpes furieuses quand le feu atteignit sa joue. Essayant d'écarter de lui la brûlure, il n'y parvint pas, alors il leva le poing d'un geste irraisonné et entendit un craquement quand ses phalanges percutèrent la bouche d'Edna. Avec un cri, elle revint à l'attaque avec le mégot embrasé. Il saisit son poignet, le tordit violemment. Elle laissa échapper le mégot; il s'en empara et l'écrasa sur le montant du lit. Edna avait roulé sur elle-même, et enfouissait son visage dans l'oreiller.

Sautant du lit, Lawrence chercha ses vêtements, qui étaient répandus à même le sol. Il eut l'impression de ramasser des hardes crasseuses abandonnées par un clochard, et jeta le paquet de vêtements contre le mur. Dans l'armoire il prit un caleçon propre, des chaussettes propres, une chemise propre. Puis il ôta du cintre son unique complet.

Il s'habilla à toute vitesse, glissa une cravate sous le col de sa chemise blanche. Edna le regardait, immobile.

– Où vas-tu ?

Une réponse lui vint aux lèvres. Il la ravala, brûlant de lui jeter au visage, brutalement, que tout était fini, qu'il partait pour ne jamais revenir. Mais le clair de lune, comme un projecteur, était braqué sur la lèvre fendue d'Edna. Un filet de sang coulait de sa bouche. Elle leva le menton, rien qu'un peu, comme pour lui offrir une meilleure vision des dégâts qu'il avait causés.

Une douleur aiguë lui mordit le visage, mais pas sur la joue qu'avait brûlé la cigarette; celle-là ne comptait pas. L'autre était un élancement au coin de la bouche, comme s'il venait d'y recevoir un violent coup de poing.

– Dis-moi où tu vas ? fit Edna. Pourquoi t'es-tu fait beau ?

– Je vais faire un petit tour. Je reviens bientôt.

– Quand ?

– Bientôt.

Il sortit de la chambre et suivit le couloir jusqu'à la porte. Quand il l'ouvrit et descendit le perron, le clair de lune lui tapota l'épaule et lui chuchota : « Elle ne pourra pas s'endormir avant ton retour, alors ne la fais pas trop attendre... »

– XI –

D'abord il resta immobile sur le seuil, fixant sans le voir l'escalier de bois pourri. Puis relevant la tête avec lenteur, il vit, de l'autre côté de la rue, la voiture vert clair, la conduite intérieure étincelante rangée devant la boîte à Bertha. Il descendit les dernières marches, essayant de détacher ses yeux, de l'automobile. Il n'y parvint qu'au prix d'un considérable effort de volonté, et s'éloigna rapidement en direction de la Sixième.

A l'intersection de Ruxton et de la Sixième se trouvait un kiosque à journaux ouvert la nuit, que tenait un Noir aveugle auquel Lawrence acheta un journal du matin et un paquet de cigarettes. Il ouvrit le paquet, entreprit d'en extraire une cigarette, puis la renfonça dedans, serrant le paquet dans sa main, écoutant craquer l'enveloppe de celluloïd. Il revint brusquement au kiosque, dont il s'était éloigné de quelques pas. Le journal plié avait glissé de sous son bras, mais il s'en moquait.

Il frappa sur le comptoir :

– C'est encore moi.

– Lawrence ?

– Oui.

– Tu as oublié quelque chose ?

Il hésita, se demandant le mobile profond de son retour. Il dit :

– Donne-moi un autre paquet de Luckies.

Il posa un billet sur le comptoir. L'aveugle lui remit les cigarettes demandées, s'empara du dollar et chercha de la monnaie.

– Garde la monnaie.

– Tout le dollar ?

– Garde tout, Claude.

L'aveugle sourit.

– Eh bien ça, Lawrence, c'est drôlement chouette de ta part. Je te remercie sincèrement, pour sûr.

– Ce n'est pas un cadeau. Il faut que je voie Sam.

– Lequel ?

– J'ignore son nom de famille. C'est lui qui a le restaurant en bas de la Quatrième.

Le visage du Noir se figea :

– Qu'est-ce que tu lui veux ?

– J'ai à lui parler. Dis-moi où il habite.

L'aveugle étala le billet de banque sur le comptoir, le visage tourné vers Lawrence comme s'il pouvait le voir.

– Je ne sais pas, grommela-t-il. Je ne le fréquente pas, ce gars-là. Je ne sais rien de lui.

– Donne-moi seulement son adresse.

– C'est impossible.

– Pourquoi ?

– Je ne suis pas un bureau de renseignements.

– Écoute, Claude, on se connaît depuis des années...

L'aveugle plaça quelques pièces sur le comptoir, puis se mit en devoir de plier très lentement le billet d'un dollar. Désignant les pièces, il dit :

– Voilà ta monnaie. Fais-moi plaisir de l'empocher et de retourner à tes affaires.

– Qu'es-ce qui se passe, Claude ? Tu n'as pas confiance en moi ?

– Dans cette putain de rue, je n'ai confiance en personne.

– Tu crois que j'essaie de te posséder ?

– Mec, je ne sais pas de quoi tu es capable. Et je m'en fous. Je ne vois rien, je n'entends rien, je ne dis rien et tout va bien comme ça.

– Tu me parles comme à un flic.

– Eh ! Tu pourrais très bien en être un !

– C'est idiot.

– Pas tellement, fit l'aveugle. Dans ce quartier, n'importe qui peut être un flic. Ils m'ont même demandé de travailler pour eux !

– Tu dois avoir raison. On ne sait jamais où l'on met les pieds, par ici.

– C'est triste à dire, mais c'est comme ça.

Sans insister, Lawrence fit demi-tour. L'aveugle lui dit :

– Tu ne prends pas ta monnaie ?

– Garde-la, fit Lawrence en s'éloignant.

– Attends !

Il jeta un coup d'œil par-dessus son épaule. L'aveugle se penchait hors de son échoppe et lui faisait signe. Alors il revint.

– Qu'est-ce qui se passe, Claude ?

Les doigts de l'aveugle caressaient les pièces sur le comptoir.

– Tu as des sous ici, mec. Tu ne veux rien acheter ?

– Quoi par exemple ?

– Un cadeau... pour Sam.

– Qu'est-ce que je pourrais bien lui offrii

– Des cigares. Je suis sûr qu'il aimerait quelques petits cigares.

– Très bien, fit Lawrence. Va pour les cigares.

L'aveugle fouilla dans une boîte, et sortit une poignée de cigares qu'il tendit à Lawrence.

– Voilà. Maintenant que tu les as, tu n'as plus qu'à les lui apporter, à Sam.

– Oui, mais je ne sais toujours pas où il habite.

L'aveugle feignit de peser le pour et le contre, se décida à dire :

– Maintenant, je crois que je peux te donner son adresse. Quant un client m'achète un article, je suis obligé de l'aider à le livrer.

– Claude, tu es un bon commerçant.

L'aveugle lui glissa alors l'adresse de Sam, et lui dit de ramasser la monnaie qui restait après l'achat des cigares. Il prit les pièces, les laissa tomber dans la poche de son veston avec les cigares, puis s'éloigna définitivement du kiosque.

Bon. Tu as acheté quatre cigares pour les apporter à Sam, mais ce serait peut-être une meilleure idée de les fumer toi-même et d'oublier cette adresse. Tu n'as pas la moindre raison d'aller réveiller Sam à cette heure de la nuit, vous n'avez rien à vous dire, il ne peut t'être d'aucun secours dans cette circonstance, il ne réussira qu'à aggraver les choses, tout comme cette vieille tordue qui s'imagine dur comme fer être la reine d'une île d'Afrique, avec tous ses boniments sur la Rue à nettoyer, comme si elle t'avait fourré cette sagaie dans la main en te disant d'aller faire face à l'ennemi, comme dans ces contes de bonnes femmes où un crétin de chevalier va affronter mille dangers sans aucune raison valable, et si par malheur tu t'étais mise à croire tout ce qu'elle disait, et ce que Sam disait, tu te serais retrouvé au cabanon ni plus ni moins... Chaque fois que tu fermes les yeux, tu vois cette Chinoise, d'accord, mais Bon Dieu, cette fille ne représente rien pour toi, tu ne la connais même pas, et elle n'est pas la seule fille en danger ici ! Il y a des tas de gens en danger, partout, et voilà que tout à coup un doigt se pointe sur toi et tu entends une vieille folle : « Aucun homme n'est partout, chaque homme est quelque part ». Mais tu as suffisamment de problèmes dans ta propre maison sans aller en chercher d'autres ailleurs... en ce moment même, elle t'attend au lit, toute malheureuse, et toi, qui es son mari, tu es censé être avec elle, selon les promesses faites à l'église, de sorte que tu n'as pas à penser à qui que ce soit d'autre, même si ça te rend malheureux comme les pierres, de sorte que tu n'as vraiment rien à dire à Sam. Tu as une femme qui t'attend à la maison, et c'est là que tu dois la rejoindre, alors fourre-toi bien dans la tête que tu n'iras nulle part ailleurs que chez toi, dans le lit de ta femme.

Ainsi pensait-il, cependant que ses jambes l'entraînaient vers l'adresse fournie par l'aveugle.

Il s'agissait d'une minuscule cabane dans une ruelle étroite parallèle à la Rue, de sorte que les façades des baraques donnaient sur l'arrière des maisons de Ruxton Street. La résidence de Sam se trouvait à mi-chemin de la ruelle, entre la Troisième et la Quatrième. Aucune lumière ne filtrait de l'unique fenêtre, et quand Lawrence frappa au carreau, il se rendit compte que le bruit n'était pas assez fort pour éveiller un homme endormi. Il s'approcha de la porte et frappa énergiquement.

Au bout d'un moment, les jointures douloureuses, il essaya d'ouvrir la porte.

Elle n'était pas fermée à clé. Il l'entrouvrit et appela Sam. Il attendit un peu, appela de nouveau. Puis il poussa franchement la porte en entra. Grattant une allumette, il distingua la table, la chaise, le sac de couchage inoccupé. C'était là tout le mobilier. Avisant une petite lampe sur la table, il l'alluma. Puis il s'assit sur le lit de camp et alluma une cigarette.

Quand elle fut achevée, il en alluma une autre, puis alla examiner les quelques livres empilés sur la table : la Bible, le Voyage du Pélerin, un mince volume de James Fenimore Cooper et un exemplaire dépenaillé de La case de l'oncle Tom. Il ouvrit ce dernier et le feuilleta pour regarder les images; il s'arrêta longtemps sur une gravure représentant une jeune fille pourchassée sur un fleuve gelé. Puis il tourna les pages jusqu'à ce qu'il tombe sur un dessin de l'oncle Tom debout dans un champ de coton, les bras tendus vers le ciel dans une posture implorante. C'est alors qu'il entendit du bruit à la porte. Il eut le temps de poser le livre, et Sam entra.

Sam ne parut aucunement surpris de voir son visiteur. Il ne le regarda même pas. Sam resta immobile, d'une telle rigidité que l'espace d'un instant Lawrence le crut ivre. Puis il se souvint que Sam ne buvait jamais. Il dit :

– La porte était ouverte. J'en ai profité pour t'attendre à l'intérieur.

Sam ne répondit pas.

– Je ne voulais pas attendre dehors. Je déteste ces ruelles obscures.

Le Noir regardait au-delà de Lawrence, comme s'il avait découvert un autre intrus.

S'approchant de Sam, Lawrence remarqua ses lèvres pincées.

Puis Sam s'approcha du lit de camp et se laissa tomber dessus, la tête en arrière, les bras ballants; il laissa échapper un profond soupir qui était presque un gémissement.

– Tu es malade ? demanda Lawrence.

Sam secoua la tête.

Lawrence s'assit sur le bord de la table.

– Qu'est-ce qui ne va pas, vieux ?

Le Noir semblait ne rien entendre. Il allongea ses jambes sur le lit, tandis qu'une de ses mains remontait vers l'oreiller. Puis il resta immobile, sur le dos, une main sur la poitrine. Ses yeux grands ouverts étaient fixés sur le plafond. Il finit par demander :

– Pourquoi es-tu venu ?

– Je ne pouvais pas dormir. Trop de choses dans la tête. Je me suis dit qu'on pourrait peut-être parler encore... Je ne sais pas ce qui me tracasse comme ça. Peut-être rien du tout. Mais je réfléchis tout le temps, tu vois. A ce que tu m'as dit ce soir. A ce que la vieille m'a dit. Particulièrement à ce qu'elle a dit. Je n'arrive pas à me le retirer du crâne. Comme si elle avait semé une graine là-dedans...

– Et si c'était vrai ? Elle ne t'a dit aucun mensonge.

– Tout ce que je sais, c'est que j'y pense tout le temps. Ça m'empêche de dormir.

– Il y a des choses bien plus graves que perdre

une nuit de sommeil. Moi, j'ai tout perdu, il y a un moment.

Après un soupir, il ajouta :

– Je ne suis même plus un bomme. Rien qu'un cloporte comme les autres.

Lawrence tira la chaise auprès du lit de camp et s'assit, les bras croisés. Il fronça les sourcils, attendant que Sam s'explique. Ce qu'il fit :

– J'étais dans le terrain vague, en face de la maison de Hagen. J'avais mon nerf-de-bœuf dans la poche. Je savais exactement ce que je devais faire. Il n'y avait pas deux manières d'agir. Puis là, je me mets à penser. Cette maison, c'est un immeuble de rapport, et Hagen habite au deuxième étage. Alors je me dis, cette fille n'est pas là. Il l'a planquée ailleurs. Il ne la garderait jamais dans cette maison remplie de locataires. Et puis je me dis, peut-être qu'il le ferait quand même. Ses voisins n'ont pas intérêt à lui chercher des crosses, et ils le savent. Mais ensuite je me dis, il a quand même dû mettre la petite ailleurs, de façon qu'elle puisse crier sans attirer l'attention. Alors peut-être qu'il l'a enfermée dans la cave d'une maison abandonnée, ou encore dans un de ces hôtels où les types vont pour rencontrer des femmes, et où tout le monde se fout d'entendre du bruit. Tu vois, c'est à tout ça que je pense pendant un bon moment, et finalement, je me dis que l'unique moyen d'avoir une certitude, c'est d'entrer dans la maison et de jeter un coup d'œil. C'est à ce moment que la porte s'ouvre et que je les voie sortir tous les deux, Hagen et Pancho.

« Ils discutent. Ils parlent d'une voiture neuve. Je n'entends pas tout, mais ça discute dur, et Pancho insiste pour que Hagen lui donne tout de suite une leçon de conduite. Hagen l'engueule, il lui dit que ce n'est pas l'heure d'apprendre à conduire, et qu'il préfère aller passer un moment avec la fille. Alors Pancho s'énerve drôlement, il dit que Hagen lui a promis une leçon de conduite cette nuit. Alors Hagen dit à Pancho d'aller l'attendre chez Bertha, là où est garée la voiture, et dès qu'il fera jour, ils iront faire un tour en auto.

« Pancho se calme, il dit qu'il est d'accord, alors ils commencent à descendre la rue et moi, je les suis. Ils débouchent dans Ruxton. Pancho s'en va d'un côté et Hagen de l'autre. Moi, je file Hagen. Il presse le pas, et moi je marche doucement de l'autre côté de la rue. Puis je le vois entrer dans une maison. Là oû habite le mastodonte, tu vois ? La grosse Tillie.

Sam fit un geste arrondi des deux bras pour évoquer ces cent soixante kilos de femme, cette énigme gigantesque qui semblait toujours prête à rendre l'âme, mais retrouvait toute son énergie dès qu'il s'agissait de monter un mauvais coup, et qui parvenait à en monter davantage que n'importe quel truand chevronné du voisinage.

– Je le vois entrer chez elle, reprit Sam. Il n'a pas frappé à la porte. Il ouvre et il entre, comme ça. Du coup, je me doute qu'il a conclu un arrangement avec Tillie, et qu'il doit la payer pour qu'elle surveille la fille quand il n'est pas là. Pendant un bout de temps, je me dis qu'il vaut mieux attendre son départ. Ce serait quand même plus sûr, je me dis. Mais le nerf-de-bœuf n'est pas de cet avis, tu vois. Moi, je me dis que cette matraque, elle n'est pas pour Tillie, elle est réservée à Hagen. Alors je traverse la rue, je veux entrer mais cette fois-ci, la porte est fermée à clé. Je frappe. Tillie vient ouvrir. Elle me demande ce que je veux. Je lui dis que je suis un client. Elle veut savoir si j'ai six dollars. Je lui réponds que si elle a le temps, j'ai l'argent. Elle insiste pour voir le fric, alors je sors mon portefeuille. Quatre dollars. Tillie dit rien à faire. Elle commence à fermer la porte.

« Je prends mon élan, et je lui donne un grand coup de tête dans le ventre, comme un bélier. Elle ne bouge pas d'un poil. Je recommence. Elle ne bouge toujours pas, mais elle crie, et voilà Hagen qui s'amène. Il demande ce qui se passe. Je sors mon nerf-de-bœuf. Il le regarde, sans bouger. Il se contente de le regarder. Je lui dis d'amener la fille, que je vais la ramener à son oncle. Amène-là... Et tu sais ce qu'il fait, Hagen ?

Il se met à rire.

– Il a ri de moi, Lawrence. Je te dis qu'il a ri de moi...

La voix de Sam se brisa, entrecoupée de sanglots sans larmes.

– Je l'ai vu rire. Il n'en finissait pas, et je ne savais plus quoi faire. Le nerf-de-bœuf est tombé de ma main. Et puis je me suis retrouvé en train de courir. Je courais de toutes mes forces. Je galopais dans cette rue qui n'en finissait pas. Un gamin qui s'enfuit à toutes jambes après avoir tiré une sonnette. Dérisoire, j'étais dérisoire, et j'entendais Hagen rire aux éclats. Il n'a même pas pris la peine de me poursuivre, tant je l'amusais.

Sam souleva sa tête de l'oreiller. Ses yeux étaient humides. Il se mit à crier, le cœur brisé :

– Pourquoi ne m'a-t-il pas couru après ? Il aurait pu faire semblant, au moins ! Il aurait pu me donner l'impression que j'étais suffisamment important pour ça. Mais il n'a pas bougé du seuil de Tillie, pour rire tout seul de ce polichinelle qui avait mis ses habits du dimanche comme pour une grande occasion. Grande occasion, tu parles ! Plus jamais je ne mettrai ces vêtements, je vais les brûler.

– Ça n'avancera à rien, murmura Lawrence.

– Ça me rendra le sens de l'humilité.

– Ne parle pas comme un idiot.

– Et qu'est-ce que je suis d'autre ? Un vieil idiot.

– Tu as tenté quelque chose. Toi, au moins, tu a essayé.

– Et j'ai réussi quoi ? Un beau gâchis.

– Hagen est un vrai marteau-pilon. Tout le monde aurait eu peur de lui. Tout le monde aurait battu en retraite.

– Mais pourquoi ne m'a-t-il pas poursuivi ? C'est ça qui me fait honte. Il n'a même pas fait un pas dans ma direction...

– Tu devrais être content qu'il n'ait pas bougé. Allez, oublie ça.

Sam exhala un profond soupir.

– Si seulement il m'avait couru après, rien que quelques pas je n'en demandais pas plus... Au moins, j'aurais eu l'impression que j'existais...

Lawrence se leva, alla regarder les livres sur la table. Sam demanda :

– Comment t'es-tu procuré mon adresse ?

– J'ai acheté des cigares, chez Claude.

Souriant, il prit les cigares dans sa poche et alla les donner au Noir, qui ricana :

– Ces mercantis de Ruxton Street, ils connaissent tous les trucs.

– Oui, sauf le truc pour quitter Ruxton Street.

Sam ôtait l'enveloppe de son cigare. Lawrence prit une cigarette, se la glissa entre les lèvres, frotta une allumette. Il donna du feu à Sam, en prit et retourna sur sa chaise. Sam s'assit pour fumer plus à l'aise. La pièce était silencieuse. L'unique mouvement était produit par la fumée, montant paresseusement vers le plafond bas.

Puis Lawrence entendit un bruit au-dehors. Il regarda Sam. Les yeux du Noir brillaient d'expectative, d'avidité presque comme s'il s'attendait à une visite du facteur lui apportant un cadeau.

La porte s'ouvrit.

Hagen et Pancho entrèrent.

Hagen sourit au Noir et lança :

– Salut, Sam.

Puis il découvrit Lawrence et le sourire se figea en une expression perplexe, qui céda la place à un rictus désappointé. La grimace s'effaça peu à peu, le visage de Hagen redevint neutre. Il dit à Pancho :

– Ferme la porte.

Pancho obéit, puis, adossé à la porte, entreprit d'examiner ses ongles.

– Lève-toi, Lawrence, dit Hagen. Laisse-moi la chaise. Je veux m'asseoir pour parler à Sam.

Lawrence se leva, observant Pancho qui contemplait ses ongles manucurés. Hagen s'assit sur la chaise et sourit à Sam.

– Qui t'a donné ce cigare ?

– Lawrence.

Hagen ignora totalement Lawrence.

– Je ne savais pas que toi et Chet étiez d'aussi bons copains. Tu as dû être très serviable avec Chet pour qu'il t'apporte des cigares en plein milieu de la nuit.

Sam ôta le cigare de sa bouche, le regarda, puis le reprit entre ses dents et tira une longue bouffée. Hagen souriait toujours.

– Il fait ça tout le temps, Chet ? Il t'apporte des cigares ?

– Non.

Hagen lança à Pancho :

– Tu entends ça ?

Pancho ne réagit pas. Il examinait l'ongle de son pouce, le faisant tourner sur lui-même en admirant la cuticule finement ciselée. Hagen reprit, sans s'adresser à personne de particulier :

– Je ne voulais pas venir ici. Je pensais que ça n'en valait pas la peine... J'ai eu du mal à avoir ton adresse.

– Qui te l'a donnée ?

– Oh, une négresse. Une de tes clientes. J'avais demandé à des tas de gens avant de tomber sur elle. Je n'aime pas demander l'adresse de quelqu'un, ça a l'air con. Ça me déprime.

Pancho leva les yeux. Lawrence le vit fouiller l'une des poches de son cardigan vert clair, en tirer un gant de coton, un gant très fin, comme celui d'une femme. Pancho l'enfila sur sa main droite, tendant bien le tissu sur ses doigts. Le gant était couleur chair, de sorte qu'il se confondit avec la main de Pancho, comme une peau supplémentaire. Quand Pancho l'eut ajusté de façon satisfaisante, il appliqua les doigts gantés contre sa langue, puis frotta doucement les doigts les uns contre les autres avant d'exécuter une rapide flexion du poignet.

Tous les regards étaient fixés sur Pancho. Hagen dit :

– Il n'y a jamais d'empreintes digitales sur les poignards de Pancho.

Il parlait comme un bonimenteur de foire.

– Pancho vous montre comment il s'y prend. S'il le voulait, il pourrait ôter ce gant et le ranger dans sa poche sans utiliser son autre main. Je ne sais pas comment il fait, je vous le jure. J'ai déjà vu des dizaines de lanceurs de couteaux, mais aucun n'arrive à la cheville de Pancho. C'est lui le meilleur !

– Tu n'as pas besoin de faire l'article, fit Pancho.

– Je veux qu'ils sachent. C'est mieux s'ils sont au courant. Il n'y aura pas d'équivoque.

– Nous devrions nous en assurer, dit Pancho.

Hagen réfléchit, puis :

– Plus tard.

L'Antillais frotta les doigts de sa main gantée.

– Je n'aime pas attendre.

– Qu'est-ce qui te presse tant ?

– Je veux en finir, et qu'on n'en parle plus.

De nouveau, Hagen parut songeur. Il demanda:

– Tous les deux ?

Pancho hocha la tête.

– Ici ?

– Bien sûr. Ici même. A l'instant même.

Hagen porta une main à son crâne et tripota ses cheveux rares, les sourcils froncés. Il dit :

– Attendons un peu.

– Pourquoi ?

– Je ne suis pas encore sûr... Je réfléchis.

– Qu'est-ce qu'il y a à réfléchir ? Tu n'es venu ici que pour réfléchir ?

– Je ne savais pas que nous trouverions ça.

Du pouce, Hagen désignait Lawrence. Pancho ricana :

– Il n'est guère gênant.

– Je le sais.

La main gantée de Pancho sembla décrire un petit cercle rapide dans l'air. Quand la main s'immobilisa, elle tenait un couteau à cran d'arrêt. Hagen leva les yeux :

– J'ai dit plus tard !

– *Dios mio* ! soupira Pancho. Qu'est-ce que tu fabriques, Matt ? Tu vas encore faire une connerie, tu en as déjà fait une hier !

Il désigna Lawrence :

– Celui-ci aurait dû y avoir droit la nuit dernière. Tu avais largement préparé le travail, et voilà que tu lui fous la paix ! Total, le revoilà dans tes pattes ! Tu veux que ça continue ?

– Oh, boucle-la une minute ! Laisse-moi penser...

– Penser à quoi ? C'est tout réfléchi : ils doivent disparaître tous les deux !

Les yeux de l'Antillais lançaient des éclairs d'exaspération. Hagen croisa les bras, regarda Lawrence. Il se leva, allant s'appuyer des deux mains sur le plateau de la table. Il grommela un juron, puis regagna sa chaise. Sur le point de s'asseoir, il changea d'avis et revint près de la table.

– Maintenant ? murmura Pancho.

Hagen secoua la tête. Sans regarder le couteau, il dit :

– Range ça.

La lame demeura ferme dans la main de Pancho.

– Tu entends ce que je te dis ? cria Hagen. Ferme ce couteau et range-le.

Un mouvement imperceptible se produisit. La main gantée était vide.

– Je ne te comprends plus, Matt. J'ai du mal à suivre. Qu'est-ce que tu essaies de faire ?

– Ne me bouscule pas.

– Au moins, dis-moi ce que tu as dans la tête.

Hagen ne répliqua pas. Pancho remarqua :

– Ce n'est pas comme si nous avions un problème ici. Tout est très simple.

Hagen regarda le plafond et soupira.

– J'ai la migraine, voilà ce que j'ai dans la tête.

– Moi, je suis en pleine forme, dit Pancho.

Hagen lui adressa un sourire triste.

– Tu es veinard. Tu n'as ni sensations ni sentiments.

Pancho tenta d'imiter le sourire de Hagen, mais ne put injecter nulle tristesse dans son regard.

– Il n'y a pas trente-six méthodes, Matt. Quelque chose te gêne, tu dois l'éliminer. C'est comme la migraine.

– Je sais, je sais. Mais tout de même, je voudrais lui laisser une chance.

– Auquel ?

Hagen désigna Lawrence.

– A celui-ci.

– C'est impossible, dit l'Antillais. Si l'un y a droit, l'autre aussi. Pas de jaloux.

Hagen se tut un moment, puis :

– On pourrait peut-être les garder tous les deux.

– Tu es cinglé.

– Voyons si nous pouvons trouver un accord...

Hagen se tourna lentement vers Lawrence, étudiant attentivement son visage. Puis il soupira, n'y trouvant pas ce qu'il espérait y voir, le visage de Lawrence n'exprimant absolument rien. Dans le silence opaque Hagen porta son regard sur Sam. Il s'approcha du lit de camp, où le Noir était assis bien droit, les yeux bien ouverts, bien lucides; il ressemblait à un étudiant ayant longtemps étudié sa leçon et parfaitement préparé pour l'examen.

Hagen s'approcha de lui :

– Je t'ai toujours considéré comme un type régulier. Tu t'es toujours fait un devoir de ne t'occuper que de tes propres affaires. L'homme d'inaction parfait. Ça me convenait très bien. Et voilà que tout à l'heure, tu es venu me bousculer. Avec un nerf-de-bœuf.

Hagen tira l'objet de sa poche, les quinze centimètres de cuir roulé s'achevant par une boule noire qui dissimulait un bout de ferraille. Il frappa le nerf-de-bœuf contre sa paume et murmura :

– D'où ça vient, ça ?

– Je le garde au restaurant, dit Sam.

– Au cas où un poivrot viendrait tout casser ?

Sam approuva.

– J'ai déjà fait du raffût chez toi ? Je t'ai causé des ennuis ?

– Tu as brutalisé la fille, dit Sam.

– La fille ? Et après ? En quoi ça te regarde ?

Hagen semblait sincèrement étonné. Sam s'expliqua lentement, clairement.

– Cette fille n'a personne pour la protéger. Il

faut que quelqu'un l'aide. Ça n'est pas juste que tu puisses faire du mal à cette fille et t'en tirer sans encombre.

Le visage de Hagen commençait à briller de sueur.

– Cette fille n'est rien pour toi, Sam. Ce n'est pas comme si elle était ta fille ou ta frangine ! Enfin, bordel, qu'est-ce que tu en as à foutre de ce que je lui fais ou pas ?

– Ça me concerne, dit Sam.

– Pourquoi ?

– Ça me concerne, voilà tout.

– Tu veux dire que ça t'ennuie ?

– Plus que ça. Ça me dit que je dois faire quelque chose.

Cette fois, le visage de Hagen ruisselait. Portant une main à sa bouche, il essuya les pores humides qui entouraient ses lèvres.

– Mais tu ne peux rien y faire, Sam. Tu sais que tu ne peux rien faire.

– Je peux essayer.

– Comment ? Quand ?

– Dès qu'une occasion se présentera.

Hagen le foudroya du regard.

– Pour parler comme ça, il faut que ta tête soit malade. Tu parles comme un fou ! C'est comme ça que parle un homme qui veut mourir ! C'est ça que tu veux ? Mais enfin, qu'est-ce qui t'a mis ces idées en tête ?

– Quand je pense à ce que tu es en train de faire à cette fille, je sens les coups qu'elle reçoit. Tu dis qu'elle n'est pas ma sœur. Pas ma fille non plus. Eh bien, je vais te dire quelque chose, gars. Elle est tout ça. Elle est faite de chair et de sang, tout comme moi. Et ce que tu lui fais subir, je ne le supporte plus !

Hagen souriait à nouveau.

– Tu vas essayer de m'arrêter ?

– Oui. J'essaierai.

Le rire de Hagen éclata.

Le couteau à cran d'arrêt apparut dans la main de Pancho :

– Maintenant ?

– Non. Je vais m'occuper de ça. Toi, garde un œil sur Lawrence.

Lawrence dit :

– Assieds-toi, Sam.

– Pour l'amour de Dieu ! s'écria Lawrence, reste loin de lui ! Recule et assieds-toi !

Sam continuait d'avancer sur Hagen.

– Sam ! Sam ! cria Lawrence.

Hagen rit à nouveau. Il baissa les yeux sur le nerf-de-bœuf qu'il tenait à la main. Puis il le tendit poliment au Noir, comme s'il lui passait le sel, disant :

– Tiens, Sam. Voyons ce que tu sais faire.

Lawrence criait désespérément :

– Sam ! Non, Sam ! Non !

La main de Sam se referma sur la matraque, puis la brandit et frappa, visant la tête de Hagen. D'un mouvement d'épaule, Hagen détourna la trajectoire, puis saisit le poignet de Sam. Le Noir recula, portant un coup plus violent avec son nerf-de-bœuf. Hagen accusa l'impact, à hauteur du biceps, et poussa un cri de douleur. Bondissant en arrière, Sam se jucha sur le lit de camp, et Pancho demanda :

– Et maintenant, Matt ?

Mais Hagen se remit à rire :

– Ne bouge pas. Salis pas ton couteau, je vais régler tout ça.

Il fit un rapide écart, évitant de justesse la matraque, que Sam, dans un violent moulinet, projetait devant lui en arc de cercle.

Une fois de plus, Hagen éclata de rire. Sam était toujours debout sur le lit, balançant son arme. Hagen s'approcha en crabe, feignit de vouloir saisir Sam aux jambes, puis lui asséna de toute sa force un direct à l'estomac. Le Noir se plia en deux, souffle coupé, et dégringola silencieusement sur le sol. Hagen l'empoigna, le remit sur pied avec une sorte de douceur, en lui souriant, puis lui ôtant la matraque la jeta négligemment sur le lit de camp. Sam tenta de s'éloigner, mais Hagen le tenait fermement. Sam se débattait en vain, lèvres serrées, yeux clos. Le sourire de Hagen se fit triste; un instant son regard chercha celui de Lawrence comme pour lui signifier : « c'est bien dommage, mais qu'est-ce que je peux faire d'autre ? »

Il frappa Sam d'un court crochet du gauche au thorax, frappa encore, du même poing au même endroit, puis encore, jusqu'à ce que Lawrence entendît le craquement des côtes brisées. Sam se refusait à crier, à gémir. Hagen soufflait bruyamment par les narines, poussant Sam devant lui, puis le frappant en pleine figure d'un revers de main qui expédia le Noir pantelant sur le lit. Hagen le remit debout : le Noir tâtonnait à la recherche du nerf-de-bœuf, murmurant d'une voix rauque :

– Où est-il ? Où est-il ?

Puis il se tut, car Hagen le frappait au-dessous de la ceinture. De nouveau, il fut plié en deux.

Hagen le redressa d'un uppercut, puis vint en corps à corps et lui administra trois coups fulgurants sur la tempe. De nouveau Sam s'affala sur le lit, cherchant à l'aveuglette son nerf-de-bœuf cependant que Hagen, penché sur lui, lui martelait la face des deux poings. Du sang jaillit du nez et de la bouche de Sam, mais il continua sa recherche folle de la matraque. Hagen se mit à califourchon sur son adversaire, les poings montant et descendant comme des pistons, et chaque fois qu'un poing s'abattait l'on entendait le floc humide de la chair écrasée, le giclement du sang.

Lawrence demeurait immobile, fasciné par la lame luisante dans la main gantée de Pancho.

Hagen continua son pilonnage jusqu'à ce qu'il n'y ait plus rien à écraser. S'écartant du cadavre, il tira un mouchoir de sa poche et essuya minutieusement le sang qui teignait ses jointures. Puis il laissa tomber le mouchoir souillé sur la poitrine du mort. Du mouchoir trempé, un peu de sang s'évada, venant asperger une main du cadavre, les gouttelettes écarlates luisant sur les doigts sombres qui semblaient toujours à la recherche du nerf-de-bœuf.

– XII –

Maintenant l'on n'entendait plus dans la cabane que la respiration sifflante de Hagen. Hagen marchait de long en large dans l'étroit espace entre le lit et la table. Lawrence n'avait toujours pas bougé. Ses jambes semblaient soudées au sol. Il regardait le corps sur le lit, se demandant pourquoi Sam ne s'asseyait pas, ne se mettait pas à parler. Pour Sam, ce n'était pas le moment de dormir. C'était comme si Sam l'avait abandonné, le laissant seul avec ces deux fauves. Il en voulait à Sam de se sentir aussi seul.

Abandonnant la vision du cadavre, son regard se porta sur Pancho, toujours adossé à la porte et s'amusant avec son couteau à cran d'arrêt, le lançant, le rattrapant, la lame émergeant de sa main gantée comme une écume d'argent. Puis Pancho le lança presque jusqu'au plafond; le couteau exécuta une courbe lente, gracieuse, avant de retomber docilement, comme si l'Antillais le tenait par un fil invisible.

Hagen continuait de déambuler. S'immobilisant soudain, il dit à Pancho :

– Donne-moi la clé de la voiture.

Pancho attendit que son couteau retombe dans sa main et demanda :

– Pourquoi faire ?

Hagen désigna le cadavre.

– On va l'embarquer.

– Pourquoi ne pas le laisser là ?

– C'est trop risqué. Si on le trouve, on viendra m'interroger.

Il montra ses mains ouvertes, aux jointures fendues. Hochant la tête, Pancho jeta un coup d'œil dégoûté au cadavre sanglant.

– Et tu comptes mettre ça dans ma bagnole toute neuve ?

– Discute pas, fit Hagen. Envoie la clé.

– Ma belle voiture, renâcla Pancho.

Hagen, la main tendue, attendait.

– Ça va dégueulasser les coussins.

– T'inquiète pas, je t'offrirai des housses neuves.

Avec répugnance, Pancho se fouilla, puis tendit à Hagen la clé dans son étui. Hagen se dirigea vers la porte, et Pancho demanda, désignant Lawrence de la pointe de son couteau :

– Et celui-là ?

– On s'occupera de lui dès mon retour.

– Je peux m'en occuper en ton absence.

– Attends que je revienne.

– Suppose qu'il essaie de me jouer un tour ?

– Il n'essaiera rien du tout. Il sait que tu as plusieurs couteaux sur toi.

Pancho eut un mince sourire :

– Tu veux que je lui montre mes lames ?

– Fais ce que tu veux, je m'en fous, du moment qu'il se tient tranquille jusqu'à mon retour.

Sur quoi, Hagen ouvrit la porte et disparut.

Pancho, sans se départir de son méchant sourire, reprit ses exercices de jonglerie. Le couteau se remit à danser, à sauter, à virevolter autour de la main gantée. De son autre main, Pancho déboutonnait lentement son cardigan vert clair; il écarta ensuite un côté du vêtement de manière à révéler trois autres couteaux soigneusement rangés dans la poche intérieure. Puis il referma sa veste, en effaça les plis et la reboutonna.

– Je peux m'asseoir ? demanda Lawrence.

Pancho acquiesça, désigant la chaise renversée sur le sol, au pied du lit de camp.

Lawrence se dirigea vers la chaise. Tout ce que tu as à faire, c'est de l'assommer avec, ou encore de le tenir à distance...

Mais il vit le couteau bondissant comme un chien savant, obéissant au doigt et à l'œil. Non, pas maintenant. Pas avec la chaise. Son couteau serait bien plus rapide. Tu dois trouver mieux que la chaise. Tu as besoin d'une meilleure idée, et tu dois te dépêcher de la trouver. Hagen ne mettra pas longtemps pour aller jusqu'à chez Bertha, grimper dans la voiture et revenir; alors tu y auras droit, et tu le sais. Il ne peut plus te laisser vivre, il te fera subir le sort de Sam, et de la même façon. Il t'obligera à lui donner un motif pour commencer à cogner. Il est comme ça, il lui faut une raison. Il ne peut rien faire s'il n'a pas une bonne excuse. C'est pourquoi ta seule échappatoire est de lui montrer que tu as peur de lui, et ce ne sera pas difficile, parce qu'à présent tu as vraiment la trouille, mais peut-être qu'il est trop tard pour le lui dire. Hagen ne t'en donnera même pas l'occasion. Il va t'aiguillonner et te provoquer jusqu'à ce que tu exploses, comme la nuit dernière chez Bertha, et quand tu lèveras la main sur lui, il sera ravi que tu lui fournisses un motif.

Il s'assit et demanda :

– Je peux fumer ?

– Je t'en prie, fit Pancho.

Lawrence sortit son carnet d'allumettes, ses cigarettes. Il en alluma une.

– Allume-m'en une aussi, dit Pancho.

Il obéit, la lui tendit, mais l'Antillais était déjà retourné près de la porte, laquelle se trouvait à bonne distance de la chaise. Pancho remuait la tête en souriant :

– Lance-la moi. Tu n'as qu'à me la jeter par ici.

Très bien, se dit Lawrence, pourquoi pas, après tout ? Lance-la lui de façon qu'il se déplace pour l'attraper. Tu pourras peut-être lui sauter dessus par surprise. De toute façon, tente le coup.

Mais Pancho semblait lire dans ses pensées. Il précisa :

– Tu as intérêt à bien me la lancer.

Ce qui voulait dire qu'à la première manœuvre suspecte, une lame pointue se planterait dans la gorge de Lawrence.

Il expédia la cigarette à Pancho, qui la saisit adroitement, l'inséra entre ses lèvres minces et dit :

– Merci, mon pote.

Il lui souriait comme si la pièce était remplie de gens venus boire le pot de l'amitié. En éprouvant cette impression, Lawrence songea qu'on était samedi soir et qu'il ne travaillait pas le lendemain. C'était l'unique plaisir que lui eussent jamais procuré les samedis soirs, la perspective de pouvoir dormir toute la journée du lendemain, ou de flemmarder à lire le journal du dimanche, les sports, les bandes dessinées; pendant quelques instants il caressa le souvenir de ces heures vides du dimanche où il n'avait rien d'autre à faire que flemmarder. Mais aussitôt après il pensa : « ne te limite pas au dimanche, parce que, d'ici un moment, tu n'auras plus à te préoccuper de travailler ou non. Tu n'auras plus à t'inquiéter de rien. Tu seras bien loin de tout souci, de toute inquiétude. Bien loin de tout... »

Puis subitement, il songea à Edna et commença de s'inquiéter de ce qu'elle deviendrait après sa disparition. Sa préoccupation concernait surtout les détails pratiques; comment gagnerait-elle sa vie ? Elle ne connaissait d'autre métier que celui de ménagère, et en y repensant, même celui-là, elle le faisait à moitié bien. Si jamais elle dénichait un boulot de femme de ménage dans des bureaux, on la flanquerait rapidement à la porte. Elle manquait déjà d'énergie pour nettoyer une pièce à fond, non qu'elle fût paresseuse ou incapable; cela tenait à sa faible constitution. Elle avait besoin de quelqu'un sur qui s'appuyer. Jusqu'ici, elle l'avait eu, et si on le lui retirait, que deviendrait-elle ? Il restait exactement 193 dollars 46 à la banque, il avait reçu son relevé quelques jours plus tôt, et avait jugé dérisoire ce résultat d'années et d'années d'économies... Il avait répandu des litres de sueur à l'atelier pour tenter de se constituer une réserve décente. Il s'était privé de tout, au point de ne posséder que cette unique paire de souliers habillés, cet unique complet, cette montre de trois dollars. Son seul luxe, c'était ses cigarettes. Il en fumait plus de trois paquets par jour, et décidait fréquemment d'arrêter, car ça lui coûtait plus de cinq dollars par semaine, mais les cigarettes lui détendaient les nerfs et lui étaient indispensables. Il avait tant rogné, sur tout, si longtemps qu'il avait bien droit à un petit plaisir. Et pourtant, il lui semblait injuste d'avoir dilapidé tout cet argent en fumée, maintenant qu'il était trop tard. Le peu d'argent restant en banque serait vite parti, la belle-famille s'en occuperait. Ils auraient vite fait de le boire et de le jouer. Edna n'avait aucune autorité sur eux. Ils mendigoteraient sans relâche, et Edna le leur donnerait, dollar après dollar. Et quand l'argent aurait disparu, qu'arriverait-il ? Où serait Edna ? Que ferait-elle ? Car elle ne pourrait plus payer le loyer. Où irait-elle ? La réponse n'était que trop évidente, comme sortant d'une gargouille grimaçante : ce n'est plus ton problème, pourquoi penses-tu à ça ?

Alors il se demanda à quoi il pourrait bien penser, persuadé que même en un moment pareil il lui était nécessaire de penser à quelque chose. Inutile de chercher un moyen de se tirer de là. Il n'y avait aucun moyen de s'en sortir, telle était l'unique certitude. Les choses qui allaient se produire, il n'avait aucune chance de les éviter. Certains trouvaient un réconfort, un adoucissement dans la prière, mais lui ne savait guère prier. Depuis son enfance, il n'avait jamais mis les pieds à l'église. Pourtant il était croyant, mais fréquenter les églises ne lui aurait rien apporté de plus, contrairement à ces gens qui disaient que cela les rendait plus forts, plus heureux. Mais ce n'était pas l'unique façon d'être heureux... Et tout à coup, il pensa à la nuit précédente, à Bertha.

La nuit dernière, tu l'as eue, comme tu ne l'avais jamais eue auparavant, tu as essayé de te convaincre que ça te dégoûtait, et tu lui as dit qu'elle voulait te faire marcher pour se moquer de toi une fois de plus, comme elle l'avait si souvent fait autrefois, mais à la réflexion elle était sincère. Elle avait cette expression, comme si elle essayait de te faire comprendre quelque chose d'impossible à dire avec des mots, te remercier d'être avec elle, et tu peux être sûr qu'elle aurait voulu que tu restes.

Tu avais envie de rester, pensa-t-il, tu sais très bien que tu voulais rester, et le moment est bien choisi de te réveiller, de faire le bilan, de voir ce qui est inscrit dans le grand livre. Il y a des années et des années, tu as toujours éprouvé le même sentiment en la regardant, ça te rendait heureux rien que de la regarder, tout comme ça te rend heureux à l'instant même de penser à elle, alors continue de penser à elle, pas à sa jolie gueule ni à son corps que tu connais par cœur, mais pense seulement à la façon dont elle parle, et dont elle t'a parlé la nuit dernière, alors qu'elle en avait plus que marre de ses poivrots, les choses qu'elle t'a dites, le ton dont elle te parlait quand tu étais assis sur le lit et elle debout, sa bouteille à la main en faisant semblant de s'adresser à la bouteille, mais tu savais foutrement bien que c'était à toi qu'elle parlait, qu'elle essayait de te faire comprendre quelque chose. Elle a toujours essayé de te faire comprendre la même chose...

– Tu es bien tranquille ! lança Pancho.

Il sursauta.

– Je réfléchissais.

– Fais-moi participer.

Il leva les yeux vers l'Antillais.

– Ça ne t'intéresserait pas... Ou ça t'intéresserait trop.

– Dis toujours.

Lawrence lui adressa un sourire.

– Je me disais que c'est vraiment bon, quand on est dans le trente-sixième dessous, de penser à quelque chose d'agréable.

– Quoi par exemple ?

– Une femme.

– La tienne ? demanda Pancho.

– Non. Non, pas ma femme.

– Qui, alors ? Une fille qui t'envoie en l'air ?

Il hésita, puis dit lentement :

– Oui, je pense qu'on peut le dire comme ça.

Pancho tira sur sa cigarette, souffla un rond de fumée parfait qu'il dissipa du bout du doigt. Il fit :

– Les femmes, j'aime pas ça. Elles m'emmerdent, les femmes. M'emmerdent à crever.

– On en a bien besoin, parfois.

– Moi, jamais.

Lawrence haussa les sourcils.

– Vraiment jamais ?

Pancho caressa son couteau à cran d'arrêt.

– Moi, j'ai ça. C'est avec ça que je prends mon plaisir.

Il caressa la lame luisante.

– Tu vois comme elle est belle ? Elle ne parle pas. Elle va toujours où je veux. Parfois, quand je me sens seul, je joue avec elle des heures et des heures. Je la plante dans l'oreiller, dans les murs, partout. Et au bout d'un moment, je la jette plus vite. Et plus vite. Et je me mets à transpirer, c'est là que ça commence à être bon. Dans le temps, les gens payaient pour me voir jouer avec elle. Ils devraient voir ce que j'en fais quand je suis tout seul...

La main gantée s'agita légèrement. Le couteau décrivit un cercle, contourna Pancho, réapparut par-dessus son épaule et retomba dans sa main. Puis l'Antillais détendit le bras en direction du mur de droite. Le couteau s'élança dans la direction opposée, tourna sur lui-même et revint se blottir dans la main gantée. Alors Pancho dit :

– La nuit dernière, elle a travaillé encore mieux. Je donnais un spectacle. Pour un seul spectateur. Le Chinois, tu sais, celui qui tient la blanchisserie. L'oncle de la fille.

Lawrence regarda le couteau tomber vers le sol, le manche heurter le plancher, le couteau rebondir et rejoindre la main gantée. Pancho dit :

– Le Chinago était furieux, comme qui dirait. Il menaçait de prévenir la police. Moi, je lui ai dit que s'il faisait ça, ce serait dommage pour sa petite nièce... Et puis je lui ai fait quelques tours avec ma lame, et il s'est vite calmé.

– Tu crois que ça va durer ?

Pancho acquiesça.

– Peut-être pas, reprit Lawrence. Peut-être qu'il va décrocher le téléphone et porter plainte.

Le couteau à cran d'arrêt exécuta une nouvellle rotation autour des épaules de Pancho avant de réintégrer sa main.

– Il n'appellera personne. Il ne dira rien à personne. Il est trop malin.

Lawrence observa les évolutions du couteau, une série de boucles partant de l'épaule de Pancho, descendant le long du bras, semblant reprendre élan sur le poignet avant de revenir à la main gantée.

Pancho rit en silence. Il faisait tourner le couteau autour de sa tête, contrôlant son déplacement du bout des doigts à la façon dont une majorette fait tournoyer son bâton. Il riait toujours sans bruit. Il dit :

– J'ai mené cette affaire de main de maître. J'ai tout organisé dès le début... La façon dont j'ai manipulé cette fille, c'était parfait. Je me suis fait passer pour un avocat. Je lui ai dit que ça ne lui coûterait rien, que je voulais juste lui rendre service. Ensuite, je suis passé chez Bertha et j'ai réglé cette affaire de bagnole, puis je suis retourné à la blanchisserie, j'ai dit à la fille que le quartier était tranquille et que je l'emmenais au poste de police pour sa déposition. Et elle m'a dit merci ! Elle a continué de me remercier tout le long de la rue. C'était chouette, tu vois, la façon dont elle me disait merci. Elle me disait qu'elle était heureuse de voir que quelqu'un s'intéressait à elle. Elle me disait que le quartier lui faisait peur. Moi, je lui disais de ne pas avoir peur. Et tout d'un coup, j'ai enfilé mon gant et je lui ai fait voir ma lame. Elle ne l'a pas quittée des yeux jusqu'à la chambre de Hagen.

– Oui, murmura Lawrence, je la comprends. Elle est impressionnante, cette lame. Et aussi ta façon de la manipuler.

– Oui, ça fait peur aux gens, fit Pancho, flatté.

– Tu l'as dit.

Lawrence grimaçait inconsciemment.

Le couteau glissait dans le vide comme un patineur acrobate sur un lac gelé. Lawrence se mit à la place de l'oncle, assis dans l'arrière-boutique de la blanchisserie et regardant fasciné les évolutions millimétrées de la lame, cette lame chargée d'une puissance maléfique telle que toute autre force semblait dérisoire par comparaison.

Sauf peut-être la force d'un cadavre.

Quand l'idée se fit jour en son esprit, il tenait sa cigarette d'une main, l'autre pendant le long de la chaise. Il projeta cette main vers le bord du lit, là où la couverture tachée de sang était repliée sous le mince matelas. Il agit lentement, d'un mouvement presque naturel, sachant que son torse faisait écran, dissimulait son geste à Pancho. Puis il imprima une légère secousse à la couverture et le corps se mit en mouvement. Le couteau se trouvait au-dessus de la tête de Pancho lorsque le cadavre bascula du lit. Pancho écarquilla les yeux. Le couteau retomba à côté de la main gantée, qui n'était plus à l'endroit prévu. Avant que le couteau n'ait atteint le sol, Lawrence avait jailli de sa chaise et se jetait sur l'Antillais.

– XIII –

Les yeux de Pancho se figèrent, comme pris dans la glace, tandis que son esprit tentait désespérément de rétablir le contact avec sa main gantée. L'espace d'une fraction de seconde, la glace fondit et la main gantée prit son élan en direction de la poche intérieure, où attendaient les couteaux de rechange. Un instant désarçonné, l'Antillais réalisait à présent ce qui s'était passé, la manière dont on l'avait possédé. Aveuglé par la fureur, il oublia de se concentrer sur un autre couteau, et la main gantée, au lieu de plonger dans la poche, adressa un signe à Lawrence pour lui ordonner de rester à sa place. Lawrence émit un rire rauque, et la main gantée retomba lorsque Lawrence tordit le poignet de Pancho et lui administra un violent coup de poing en pleine figure.

Pancho tituba. Lâchant son poignet, Lawrence recula, attendit que l'Antillais s'écrase sur le sol. Pancho tombait au ralenti, puis se redressait comme par miracle avec son méchant sourire qui signifiait : Tu as raison d'essayer, mais tu as raté ton coup.

Lawrence continua d'essayer. Dès que la main gantée se remit en mouvement, Lawrence balança un swing au menton de Pancho, et entra en corpsà-corps pour lui marteler l'estomac des deux poings. La bouche de Pancho s'ouvrit toute grande sur un cri aigu; Lawrence cogna du droit, doubla d'un crochet du gauche. Il vit jaillir du sang, savourant cette vision comme un vampire assoiffé, et asséna un nouveau crochet juste entre les yeux de Pancho.

L'Antillais, complètement groggy, reculait sous la grêle de coups, mais bien que la plus grande partie de son cerveau fût occultée, il y demeurait quelque part un petit coin qui commandait à la main gantée. Quand Lawrence se découvrit, la main gantée s'enfonça dans la veste à la vitesse de l'éclair, en ressortit munie d'un couteau à cran d'arrêt. Le mouvement était rapide, moins pourtant que si Pancho avait été en pleine possession de ses moyens. D'ailleurs, l'Antillais semblait extrêmement mécontent de lui quand il pointa sa lame en direction de son adversaire.

Il frappa sa cible.

Il la manqua. Lawrence pivota de sorte que la lame fendit l'air à quelques millimètres de sa poitrine. Pancho reprit son élan, frappa encore. Lawrence l'empoigna à deux mains, le saisit à la gorge et serra. La main gantée s'éleva très haut au-dessus de la tête de Pancho et y resta suspendue, prête à lancer le couteau au monde entier, à cette vie précieuse que Pancho sentait s'éloigner de lui, et à quoi seul le couteau le rattachait encore.

Quand la lame commença de s'abattre, Lawrence jeta Pancho sur le sol. L'un de ses pouces appuyait sur l'autre pouce, lequel appuyait sur le larynx de Pancho, écrasant les cartilages de sa gorge. Le couteau glissa hors de la main gantée pour exécuter une ultime performance, en signe de soumission à son possesseur qui ne pourrait plus la voir; le couteau exécuta une ellipse parfaite, le manche rebondissant contre l'épaule de Lawrence, et la lame allant se planter dans le sol en vibrant. Lawrence relâcha son étreinte, se redressa. Pancho demeura inerte. Le larynx écrasé, le sang et les tissus obstruant la trachée, il essayait désespérément de respirer sans y parvenir. Les yeux exorbités se révulsèrent, et dans un ultime gargouillis, la langue pendante, Pancho cessa de vivre.

Lawrence lança un regard vague au cardigan vert clair sous lequel avait battu un cœur, et sortit mécaniquement de la cahute.

La ruelle était silencieuse. L'on ne distinguait aucune lumière dans les bâtisses voisines. Rien ne peut les déranger, pensa-t-il. Ils sont habitués à tous les genres de bruits, par ici.

Il se dirigeait lentement vers l'intersection de la Quatrième Rue, essayant de rassembler ses idées. Mais son cerveau était comme une route de montagne aux innombrables virages. Dès qu'une idée s'apprêtait à épouser une courbe, elle en percutait une autre, et une autre, de sorte qu'il envoya tout au diable et continua sa marche.

Il déambulait au milieu de la ruelle, avec à sa droite les façades des baraquements et à sa gauche l'arrière des maisons de Ruxton Street. Soudain, il entendit derrière lui, inquiétant, le rugissement d'un moteur d'auto.

Il se retourna, aperçut la conduite intérieure verte au moment où elle ralentissait pour s'insérer dans la ruelle juste assez large pour elle. Il se dissimula dans une encoignure avant que les phares ne l'aient éclaboussé.

Hasardant un coup d'œil hors de l'embrasure, il vit la voiture s'arrêter juste devant la cabane de Sam. Hagen mit pied à terre, sans couper le moteur ni les phares. Dans la lumière vive, réfléchie par les fenêtres d'alentour se détachèrent l'énorme silhouette de Hagen, son cou de taureau, ses bras semblables à des massues, ses mains taillées dans du roc.

Il vit Hagen pénétrer dans la cahute, se demanda combien de temps il y resterait. Il essaya bien de se persuader que ça ne l'intéressait pas, mais soudain son esprit s'éclaircit : tu t'es fourré dedans, tu as investi dans cette affaire, maintenant tu y es intéressé jusqu'au bout.

Il attendait, dans l'obscurité complice du porche. Au bout de quelques instants, il vit Hagen transporter Pancho hors de la cabane, jeté sur son épaule comme un vieux sac. Hagen ouvrit la portière de la voiture, tourna le dos et laissa Pancho tomber à l'intérieur. Puis Hagen répéta l'opération avec Sam. Hagen agissait rapidement, efficacement, sans manifester de panique apparente. Il claqua la portière arrière, puis s'installa au volant.

Lawrence cligna des yeux dans la lumière vive des phares. Il s'empressa de rentrer la tête dans l'ombre, tandis que, moteur ronflant, la voiture roulait vers lui. Il écrasa son dos contre une porte raboteuse, mais ce faisant quelque chose en lui espérait que Hagen découvrirait sa présence, stopperait la voiture, descendrait et se jetterait sur lui...

Puis, à mesure que la voiture approchait, il se reprit. Doucement, ne t'emballe pas, ne t'emballe plus. Si tu te bats avec lui, c'est lui qui gagnera, et tu n'as plus le droit de le laisser gagner. Laisse-le se débarrasser des cadavres, ça te fait gagner du temps. Le temps d'agir.

Car il savait dorénavant ce qu'il fallait faire, et était prêt à le faire. Il brûlait de passer à l'action. Il éprouvait la même sensation que lorsqu'il portait son masque protecteur et que le chalumeau brillait devant ses yeux; le sentiment prodigieux de pratiquer une intervention chirurgicale dans une salle toute bleue au sommet d'une tour. A ceci près que la tour lui semblait encore plus haute que d'habitude.

Il vit la voiture s'éloigner en accélérant, ses feux arrière disparaître quand elle eut tourné dans la Quatrième Rue. Le calme revint dans la ruelle, et dans l'ombre il tira sa montre de sa poche, l'approcha tout près de ses yeux. Elle indiquait quatre heures vingt. Bientôt, la nuit s'achèverait. Non, rectifia-t-il; la nuit ne faisait que commencer.

Il descendit rapidement la ruelle jusqu'à la Quatrième, puis rejoignit Ruxton Street, allumant une cigarette et la donnant presque aussitôt à un clochard ivre qui titubait sur le trottoir. Pas satisfait pour autant, le clochard exigea de l'argent, et Lawrence tirant une pièce de sa poche la lui balança par-dessus l'épaule.

L'homme l'attrapa, l'examina et gémit :

– Un penny ! Qu'est-ce que je peux foutre d'un malheureux penny ?

Lawrence s'arrêta. La présence de cet ivrogne lui donnait une idée. Il revint sur ses pas pour le regarder plus attentivement. Un épouvantail dépenaillé. Ses yeux étaient vitreux mais il tenait encore debout.

L'ivrogne lui montra la pièce dans sa main

ouverte, et dit, avec plus de tristesse que de colère :

– C'est vraiment tout ce que tu peux faire ?

– Peut-être, murmura Lawrence. Et peut-être que non, ça dépend.

– T'en as d'autres ?

Lawrence fit tinter des pièces dans sa poche.

– Sors-les un peu, vieux radin !

– Tu veux les gagner ?

– En travaillant ?

Le type fit une grimace de douleur, comme si on lui enfonçait une aiguille dans le bas du dos.

– Ce n'est pas pour tes beaux yeux. Si tu veux du fric, il faut le mériter.

Les yeux s'ouvrirent un peu plus, toisèrent Lawrence. L'ivrogne dit, plein d'appréhension :

– Tu te trompes d'adresse, mec. La partouze, c'est pas mon truc. Et avec des hommes encore bien moins.

– Qui a parlé de ça ?

– Je t'affranchis, c'est tout. Je n'en suis pas. Et je ne pose pas pour des photos cochonnes non plus. J'ai une femme et un gosse, je les respecte, tu piges ? Mon seul vice, c'est la bibine.

– Il coûte combien, ton vin ?

– Cinquante cents la bouteille.

– Tu veux les cinquante cents ?

L'autre s'humecta les lèvres, chassant loin de lui sa femme, son enfant et ses projets de réhabilitation.

– Qu'est-ce que je dois faire ?

Lawrence se mordit un ongle. Il ne pouvait donner aucune réponse précise, mais sentait que cet ivrogne pouvait faciliter son projet. Encore fallait-il que le type accepte de jouer les compères.

L'ivrogne s'agitait, impatient.

– Accouche, mec ! Qu'est-ce que c'est, ce boulot ?

– Tu sauras jouer un rôle ?

– De quel genre ?

– C'est pour faire une blague à quelqu'un. Il y en a pour deux minutes.

L'ivrogne continua de se lécher les lèvres sans perdre de l'œil la poche où Lawrence rangeait sa monnaie, tel un homme perdu dans le désert apercevant au loin une oasis. Il dit finalement :

– Qu'est-ce que je risque ?

– Rien.

– Donne-moi des détails.

– Quand nous nous serons mis d'accord, pas avant.

– Rien à faire, je veux savoir.

Mais il faiblissait, et Lawrence le remarqua.

– Tu veux ce fric, oui ou non ?

L'ivrogne déglutit.

– D'accord, mec.

– Affaire conclue ?

– Ouais, mais on paie d'avance.

Lawrence s'approcha de lui et prit deux quarters dans sa poche. L'ivrogne s'en empara, et sentit des doigts puissants enserrer son poignet.

– Hé, lâche-moi, J'vais pas m'en aller !

– Que tu dis.

Lawrence avec un sourire froid resserra sa prise sur le poignet de l'homme, pour bien lui faire comprendre que maintenant il avait un chef.

– Tu feras exactement ce que je te dirai de faire. D'accord ?

Il imprima une légère torsion au poignet. L'ivrogne gémit :

– Hé, doucement, tu veux ? Ce bras a déjà été cassé deux fois.

– Ça fera trois si tu essaies de me truander.

– D'accord, mec, d'accord ! Mais lâche-moi, je t'en prie !

Lawrence relâcha un instant sa pression.

– Tais-toi, arrête de gigoter. Tiens-toi tranquille et écoute-moi. Je vais t'emmener quelque part, dans une maison un peu plus loin, à côté d'un terrain vague. Je t'attendrai pendant que tu sortiras ton boniment.

– Une arnaque ! grommela l'ivrogne. J'aurais dû m'en douter.

– Ecoute-moi, Bon Dieu, siffla Lawrence.

Il écrasa de toutes ses forces le poignet de l'autre, qui cessa de renâcler et attendit docilement ses instructions. Lawrence reprit :

– Il n'y a rien de mal. Aucune arnaque. Tout ce que tu as à faire, c'est de frapper à la porte. Tu frappes jusqu'à ce qu'elle vienne ouvrir.

– Qui ça ?

– La grosse Tillie.

– Elle ? Mais je la connais !

– Tant mieux, ce n'en sera que plus facile.

– Raconter des bobards à Tillie ?

L'ivrogne utilisa sa main libre pour un geste obscène.

– Tu te fourres le doigt dans l'œil, mec. Cette fille-là, elle connaît toutes les combines.

– Pas ce truc-là. Il est tout nouveau.

– T'as intérêt à ce qu'il soit bon !

Lawrence lâcha le poignet du type, qui se mit

à faire passer ses deux pièces d'une main dans l'autre.

– Si j'étais toi, j'y réfléchirais à deux fois avant d'essayer de posséder Tillie ! Tillie, ce n'est pas une câline. Si tu la mets en rogne, elle sort sa clé anglaise, et elle cogne ! J'en parle savamment, je l'ai vue, sa clé anglaise !

– Quand ça ?

– Un jour, avant mon mariage.

– Qu'est-ce que tu lui avais fait ?

– Je n'avais que deux dollars, et elle en voulait cinq...

– Maintenant, elle prend six dollars, fit Lawrence. Et tu n'as que cinquante cents.

L'autre le regarda :

– Je ne te suis pas.

– Ecoute. Elle ouvrira la porte et tu lui diras que tu viens pour une passe. Tu lui montreras les cinquante cents.

L'ivrogne cligna des yeux avec hébétude.

– Tu les lui montreras. Tu lui diras que c'est tout ce que tu as sur toi et que tu lui apporteras le reste demain.

– Tu te fous de ma gueule.

– Je te dis ce que tu vas lui dire, c'est tout. Tu m'entends ?

Devant son regard menaçant, l'ivrogne acquiesça. Lawrence lui fit alors répéter ses instructions. Il obéit avec réticence, puis :

– Elle va me cracher dessus, et elle claquera la porte.

– Elle ne claquera pas la porte, fit Lawrence.

– Et qui l'en empêchera, hein ?

– Toi.

– Espèce de... Tu veux que je me bagarre avec elle ? Elle pèse une tonne !

– Il n'y aura pas de bagarre. Seulement une discussion. Il suffit que tu lui tiennes la jambe.

– Combien de temps ?

– Assez longtemps pour qu'elle se fâche.

– Et alors ?

– J'arrive et je prends le relais.

– Et moi, qu'est-ce que je fais ?

– Tu t'en vas.

– Et ensuite ?

– Rien. Tu te contentes de filer. Tu ne seras plus dans le coup.

Les yeux vitreux exprimèrent une curiosité malsaine :

– Et toi, qu'est-ce que tu feras ?

Lawrence regardait dans le vague. Il murmura :

– Je n'en sais encore rien...

Ils se mirent en route. En passant devant chez Bertha, Lawrence lança un coup d'œil aux fenêtres éclairées et imagina les flambeurs en pleine action dans la cuisine. D'autres, à la table des alcooliques, restaient silencieux, les yeux fixés sur la pendule, espérant peut-être que le temps allait s'arrêter. Quand le soleil se lèverait, ils sortiraient tous de chez Bertha, la tête basse, troupeau d'écoliers regagnant la classe après de trop brèves vacances, pour retrouver l'instituteur, tortionnaire anonyme qui leur apprendrait sans relâche la même leçon, jour après jour, pour bien leur enfoncer dans la tête qu'ils n'étaient, ne seraient jamais que des esclaves.

Puis il regarda de l'autre côté, vit sa maison. Une boîte à ordures parmi d'autres.

Il ne la considérait pas comme l'endroit où

il vivait mais comme le réceptacle des années gâchées. Puis il sentit soudain qu'il s'en éloignait pour de bon.

– Hé, pas si vite ! haleta l'ivrogne.

– Viens, viens !

Loin devant, la Rue amorçait un virage, et il comprit qu'il avait un compte à régler avec Ruxton Street. Le moment était venu de rendre ses coups à cette hydre nommée Ruxton. Jusqu'ici, il n'avait pas été capable de s'en éloigner, de s'en cacher, de la braver. Depuis le jour de sa naissance, la Rue l'avait catalogué comme un sans-défense, une bouchée de plus dans son estomac. La Rue l'avais mis à l'engrais, puis assaisonné à son goût tout au long de ses années d'apprentissage parmi les voyous de la Cinquième Rue. Elle l'avait entraîné, dressant le tendre animal à devenir un chat de gouttière, un fouilleur de poubelles plus attiré par les immondices que par le lait. Quand il avait voulu se rebeller contre la loi non-écrite de la pègre, le monstre l'avait laissé faire, attendant patiemment, sachant qu'il avait été bien dressé et que tôt ou tard il mordrait à l'hameçon qui le ramènerait dans sa crasse primitive, où il se retrouverait dans son élément de départ, comme ses congénères.

Il se disait : c'est quand même plus facile, comme ça.

Et tandis qu'il marchait, du côté le plus sinistre de la Rue, celui où germait la violence, où le vice était roi, il continuait de penser : « Oui, comme ça c'est tellement plus simple. Il n'existe aucune formule magique pour rester vivant. Mais il vaut mieux être enterré mort que vivant. »

Il tira l'ivrogne par la manche, et ils s'immobilisèrent à la hauteur du terrain vague où, la nuit précédente, un Ruxtonien à quatre pattes était mort en hurlant de douleur, et où le mois précédent quelques bipèdes avait émis des cris semblables en recevant un traitement identique. Il dit :

– J'attendrai ici.

Puis il lui désigna, au-delà de l'église grecque orthodoxe et de l'église du Saint-Esprit, ces petits fortins de bois qui résistaient de leur mieux aux forces maléfiques, la maison noire qui achevait la ruelle.

On ne voyait aucune lumière dans la façade, et l'ivrogne dit :

– Peut-être qu'elle n'est pas chez elle.

– Elle y est.

Puis il poussa son complice :

– Vas-y.

Il resta sur place, regardant l'ivrogne s'éloigner avec répugnance. Puis, s'enfonçant dans l'obscurité du terrain vague, il attendit jusqu'à ce que retentît le bruit des doigts cognant la porte. Il se rongea l'ongle du pouce, tandis que le tapotement cessait, reprenait, s'interrompait encore, se disant : « elle n'ouvrira peut-être pas. Après ce qui s'est passé avec Sam, elle ne voudra plus ouvrir à personne, ou si elle ouvre, elle prendra sa clé anglaise, ou un hachoir à viande, une arme quelconque.

Mais il entendit la porte s'ouvrir, et une voix nasillarde et haut-perchée qui aurait aussi bien pu appartenir à une naine qu'à Tillie demanda au visiteur ce qu'il voulait. L'ivrogne marmonna quelques paroles que Lawrence ne comprit pas, sur quoi Tillie lui conseilla d'aller se faire voir, alors l'ivrogne lui parla encore, d'une voix inaudible à cette distance. Mais celle de Tillie sonnait haut et clair, criant à l'ivrogne qu'il l'avait tirée de son premier sommeil, qu'il avait un sacré culot et qu'il avait intérêt à vider les lieux s'il ne voulait pas qu'il lui arrive des bricoles.

Lawrence quitta le terrain vague, se glissa le long de l'église orthodoxe. Il put alors voir l'ivrogne sur le seuil de la maison, l'énorme ventre de Tillie lui en interdisant l'entrée.

Il s'approcha lentement, silencieusement. Tillie s'obstinait à vouloir chasser son client, qui insistait :

– Mais puisque j'ai de l'argent !

– T'as des haricots ! braillait Tillie.

– Et ça, c'est des haricots ? fit l'autre, lui montrant sa main ouverte.

– Où est le reste ? s'informa Tillie.

– Je te l'apporte demain, parole.

– Tu quoi ?

– T'as entendu, fit l'ivrogne.

Lawrence songea qu'il ne se débrouillait pas mal.

Il avança un peu plus vite, tandis que Tillie insultait l'ivrogne et que l'ivrogne insultait Tillie. Il vit l'ivrogne tenter de saisir la poignée de la porte et Tillie marcher sur lui pour le repousser, mais l'épouvantail gardait une certaine souplesse et évitait les mains agressives de l'énorme femme. La porte cependant demeurait ouverte, et les imprécations de Tillie montèrent d'une octave.

Lawrence traversa la ruelle en courant, bondit sur le seuil et saisit l'ivrogne par les épaules.

– Fous le camp ! lança-t-il.

Il lui imprima une poussée, l'écartant du seuil. L'ivrogne prit le temps de lui adresser un clin d'œil, puis prit ses jambes à son cou en direction du premier assommoir où l'on trouvait du vin à cinquante cents la bouteille.

Tillie haletait. Elle bouchait presque totalement le seuil avec son mètre soixante-dix et ses deux cents kilos, masse de chair informe au visage bouffi, aux oreilles décollées plantées à angle droit. Elle coiffait ses cheveux filasse en boucles minuscules qui lui faisaient comme un bonnet de marin. Elle se rendit à peine compte, tout d'abord, de la présence de Lawrence, le regard fixé sur la silhouette fuyante de l'ivrogne. Puis, quand il eut disparu au premier coin de rue, elle découvrit Lawrence et lui dit en souriant :

– Merci, Chet.

– Il t'a fait mal ?

A cette idée, elle éclata d'un rire dédaigneux qui englobait tous les hommes, et particulièrement les minables de Ruxton Street.

– Lui ? J'allais le couper en deux !

Reculant d'un pas, elle entreprit de fermer la porte. Lawrence se hâta de dire :

– Comment vas-tu ? Il y a un moment que je ne t'ai pas vue.

Tillie haussa les blocs de viande qui lui servaient d'épaules.

– T'en fais pas pour ma santé.

Puis elle le regarda de haut en bas.

– Et toi ? Quoi de neuf ?

– Pas grand'chose.

Il imita son haussement d'épaules, s'appliqua à lui sourire, mais pas trop quand même afin de ne pas l'inquiéter.

– Tu sais ce que c'est. Toujours la même chose.

Effaçant son sourire, il décida de jouer des yeux, il était temps. Il se mit à la détailler, le visage d'abord, puis les jambes, puis l'énorme panse, d'un air fasciné, tandis qu'il humectait ses lèvres.

Sous cet examen, Tillie fronça les sourcils, intriguée. Il dit :

– Tu en as, une jolie robe.

Elle ne répondit pas, mais son regard exprima un étonnement accru.

– J'aime bien cette couleur, dit-il. Orange, presque rouge, ça se marie bien avec tes cheveux.

Tillie pencha la tête, l'examinant de pied en cap.

– Tu t'intéresses à la mode, à présent ?

– C'est vraiment une très jolie robe. Elle te va bien.

Il lui darda un regard affamé. Tillie, du doigt, tripota successivement ses trois mentons. Ses soupçons se dissipaient, mais l'étonnement demeurait, et Lawrence se demanda s'il était suffisamment convaincant. Puis les yeux de Tillie s'étrécirent :

– Où est ta femme ?

– Oh, à la maison.

– Pourquoi es-tu dehors ? Et pourquoi as-tu mis ton beau costume ?

Il eut un sourire niais :

– On est samedi, non ?

– On ne te voit jamais le samedi, ni jamais. Le seul moment où je te vois dans la rue, c'est quand tu reviens du boulot.

– Oh, le boulot ! soupira-t-il.

– Tu bosses tout le temps, toi. Tu ne rigoles jamais.

– Je crois que je ne sais plus m'amuser... Il y a si longtemps, Tillie...

– Ça, tu peux le dire !

Puis elle se mit à sourire.

– Tu te rappelles le jour où tu m'avais emmenée dans le fond du garage ?

– Quand ça ?

– Regarde-le ! fit-elle avec une pitié amusée. Il ne s'en souvient même pas !

– Ça doit remonter à pas mal d'années !

Une lueur de nostalgie passa dans les yeux de Tillie.

– On était des mômes, à l'époque, murmura-t-elle.

Il acquiesça. Il voulait la laisser mener le dialogue, et peut-être en viendrait-elle où il voulait. Elle dit :

– Tu n'en as jamais marre, de t'encroûter comme ça ?

Il baissa la tête en silence. Elle reprit :

– La vie est courte, Chet. Tu penses à tous les bons moments que tu as ratés ?

– Ça me rend malade, parfois.

Il faut que ce soit elle qui te tende la perche, pensait-il. C'est elle qui doit faire l'article. C'est ta seule chance d'entrer dans cette maison. Tu ne vois pas de clé anglaise, ni de rasoir, ni de couteau, mais tu sais très bien qu'elle a une arme quelconque, quelque part sous cette robe. Méfie-toi de ce que tes yeux ne peuvent pas voir.

– Tu me fais pitié, crétin. Endimanché comme ça, sans savoir où aller...

– Ça paraît idiot, hein ?

– Et c'est idiot. Tu t'échines à bosser toute la semaine, et le samedi arrive, et aucune détente ! Rien qu'une balade en solitaire dans les rues vides.

Et on appelle ça une vie ! Autant être dans un fauteuil de paralytique !

– Tu as bien raison, murmura-t-il.

Il regardait avec une feinte fascination cette montagne de viande féminine, l'énorme poitrine qui, dans toute sa mollesse informe, représentait la friandise la plus dispendieuse de Ruxton Street. Ils y venaient tous régulièrement, les amateurs de sensations exceptionnelles. En poids et en volume, elle constituait l'accessible sommet de leur frénésie d'escalade, à ces conquérants de l'absurde. Mais parfois, on les voyait ressortir de cet antre, l'air effroyablement déçu, comme si, une fois parvenus au sommet, ils s'étaient trouvés au niveau le plus bas de la dégradation.

Et ses yeux continuaient d'exprimer l'avidité, comme s'il n'était pas différent des autres, rien qu'un autre gamin en chaleur qui s'était échappé un moment de chez lui à la recherche d'un jeu interdit.

Il remua un peu les lèvres, pour les humidifier.

Tillie promenait la main de haut en bas sur son triple menton, semblant vouloir estimer à quel point d'excitation il en était arrivé, et évaluer les raisons profondes de sa présence. Il s'agissait d'un simple calcul; son visage n'exprimait plus aucun soupçon. Après tout, ce n'était pas comme s'il était venu frapper à sa porte. Il déambulait simplement dans la rue, désœuvré, avait assisté à son altercation avec l'ivrogne, l'avait chassé, puis, alors qu'il était sur le point de rentrer chez lui, le printemps lui avait joué son tour favori, l'incitant à regarder Tillie d'un autre œil...

Avançant la tête, elle s'assura que la rue était déserte, puis demanda :

– Pourquoi es-tu sorti aussi tard ?

– J'avais envie de changer d'air.

– De l'air ? fit-elle avec mépris. C'est de ça que tu as envie de changer ?

Il songea que le moment était venu d'avaler sa salive, pour lui faire croire à son embarras. Il avala, difficilement, puis perfectionna sa mimique, ouvrant la bouche pour marmonner quelque chose, puis la refermant d'un air timide.

Il s'engageait à la prudence. Attention, Chet, c'est une fine mouche et si tu en fais trop, ça flanquera tout par terre.

Tillie eut un nouveau sourire. Elle s'amusait manifestement de sa gêne, de son manque de décision. Elle dit :

– Il te faut autre chose qu'un peu d'air, j'ai l'impression.

Il se balança maladroitement d'un pied sur l'autre.

– Ça se voit tant que ça ?

– Comme le nez au milieu de la figure. Tu as envie de changer de climat !

– Les grands voyages, ça coûte trop cher.

– Ça dépend desquels...

Il ne dit plus rien. Il réfléchissait. Le temps passait à tout vitesse, et d'un instant à l'autre il risquait de voir la conduite intérieure verte déboucher du coin de la rue, Hagen en sortir et ce serait la fin de l'histoire...

Tillie lui demanda :

– Tu as six dollars ?

Il fit oui de la tête.

Le prenant par la main, elle l'attira à l'intérieur.

– XIV –

Vu de l'intérieur, l'endroit semblait beaucoup plus grand. Tillie le guida dans un couloir jusqu'à un salon dont le mobilier constituait une flagrante contradiction avec la sinistre façade extérieure. Il y avait un élégant canapé moderne, surmonté d'un grand tableau représentant une jeune fille nue qui, agenouillée sur le bord d'un étang, offrait une cacahuète ou quelque chose d'approchant à un grand cygne blanc. Suivant Tillie, il passa devant la porte ouverte de la salle de bains. Elle a dû dépenser un paquet pour l'aménager, songea-t-il devant cette débauche de marbre vert et de chrome étincelant. Puis il détourna son regard, et ne vit plus rien que la robe orange de Tillie qui remplissait pratiquement toute la largeur du couloir, et aussi un objet métallique qui émergeait d'une fente pratiquée sur le côté de la robe. En se rapprochant, il reconnut l'extrémité de la fameuse clé anglaise.

Parfait, songea-t-il, voilà le calmant qu'elle utilise en cas d'urgence. On t'a souvent parlé de cet outil, et de la vitesse incroyable avec laquelle elle s'en sert. On raconte que, malgré le poids incroyable qu'elle transporte, dans la bagarre elle est plus rapide que la foudre... Alors, pas de précipitation, attends qu'elle ait complètement baissé sa garde avant de tenter quoi que ce soit...

Ils parvinrent à une porte close. Quand Tillie se pencha pour l'ouvrir, il regarda de côté et découvrit une quatrième porte, fermée également. Puis le couloir s'élargissait et devait mener à la cuisine. Tillie capta son regard et demanda :

– Qu'est-ce que tu cherches ?

Il répondit la première chose qui lui vint à l'esprit :

– Rien, j'admirais. Tu as bien installé la maison.

– Ça te plaît vraiment ? fit Tillie, ravie.

– Beaucoup de classe.

– Il y a intérêt. Tout ce que je gagne part dans la décoration. Remarque, je voudrais aussi refaire la façade, mais si c'est trop propre, ça chassera les clients.

Il la suivit dans la chambre, véritable symphonie de noirs et d'orangés éclatants, remplie de miroirs de toutes tailles dont l'unique fonction était de refléter l'immense lit. Les pieds de Lawrence s'enfoncèrent dans un vaste tapis noir; il regardait en silence le grand couvre-pied de satin noir, les murs d'un nacarat brillant, la porte de placard ornée de chérubins orangés s'ébattant dans un bassin de laque noire. S'approchant du placard, il découvrit que les angelots avaient des ailes de chauves-souris, et arboraient, au lieu de sourires angéliques, l'expression stupide et méchante de petits démons. Sur le mur qui formait angle droit avec la porte du placard se trouvait un tableau en camaïeu dans toutes les nuances de gris représentant une énorme femme à tête cornue cueillant des fruits sur un arbre. Cette femme, c'était Tillie, et les fruits avaient l'apparence d'hommes miniatures suspendus aux branches.

Derrière lui, Tillie expliqua :

– C'est un artiste complètement cinglé qui a peint ce tableau. Il m'en a fait cadeau. Pendant des années, il est venu me voir deux fois par semaine, et j'ai appris il y a six mois qu'il avait mis sa tête dans le four et avait ouvert le gaz. Il y avait un autre zinzin, aussi, qui venait s'asseoir par terre et jouait de la flûte pendant que je prenais mon bain. Des heures, ça durait, moi là-bas faisant trempette et lui ici, jouant toujours le même air, j'ai oublié lequel. Il ne faisait rien d'autre, que souffler dans sa flûte, il ne me regardait même pas quand je sortais de la salle de bains. Il jouait pendant que je m'habillais, puis il me filait six dollars et s'en allait heureux comme un roi. Syphonné, je te dis.

C'est alors qu'on entendit un bruit, par-delà la cloison. Un mélange de soupir, de gémissement et de sanglot qui fit tressaillir Lawrence. Bien que sachant de quoi il s'agissait, il exagéra sa surprise et demanda :

– Tu as entendu ça ?

– N'y fais pas attention, murmura Tillie.

Le gémissement d'agonie se reproduisit, plus distinct. Tillie s'approcha du mur et cria, en le frappant du poing :

– Arrête de pleurnicher, ou j'arrive, et là, tu auras de bonnes raisons de gueuler !

Mais l'appel désespéré reprit. Tillie grommela :

– Nom de Dieu !

Elle contempla ses énormes poings d'un air

frustré, comme s'ils étaient trop lourds pour être utilisés. Lawrence esquissa un geste en direction du mur :

– Elle est peut-être malade ?

– Mais non, elle va très bien. Elle a peur, voilà tout. Toutes pareilles, ces pucelles. Elles commencent par pleurnicher, et ensuite elles y prennent goût...

Un nouveau cri leur parvint.

Tillie se dirigea vers la porte.

– Bouge pas, Chet, je reviens tout de suite.

Elle quitta la pièce, laissant la porte ouverte. Longeant le lit, il s'approcha du seuil, entendit l'autre porte s'ouvrir, se refermer, et pensa :

« Elle a toujours sa saloperie de clé anglaise. Tu en as peur, de cette clé anglaise, comme d'un fil à haute tension chargé de milliers de volts. Mais, tonnerre, ce n'est jamais que Tillie. Rappelle-toi l'époque où tu étais dans la même classe qu'elle; c'était une bonne élève, toujours les bras croisés, avec de bonnes notes en histoire et géographie, en assiduité et en conduite... A quoi ça sert, l'école ? Tout ce qu'on apprend, c'est dans la Rue. C'est la Rue le seul grand tableau noir que personne n'efface jamais, et qui donne toutes les leçons imaginables, tous les bons points et toutes les punitions, et à présent, Tillie a fini ses classes. C'est Tillie la dure, la mangeuse d'hommes professionnelle. Elle parle de sa prisonnière comme d'un objet, tout naturellement, comme un boucher en train de découper un agneau, à part que cet agneau-là est un être bien vivant, qui souffre, qu'on détruit de l'intérieur, et que toi, tu ne peux plus le supporter. Tu t'es tourné les pouces trop longtemps, et il est peut-être trop tard pour empêcher quoi que ce soit...

Il franchit le seuil, mais recula précipitemment car Tillie revenait. Elle alla ouvrir le tiroir de sa coiffeuse bicolore. Dans ce mouvement, elle lui tourna le dos, faisant face au miroir, mais il ne se préoccupait pas du reflet; il ne s'intéressait qu'à la clé anglaise.

Tillie pivota, mais il tenait la clé anglaise, et lui en asséna un coup violent, l'atteignant juste en-dessous de l'oreille. Elle poussa un cri étranglé, atroce, et se précipita sur lui, les bras brandis comme des fléaux. Il esquiva, genoux fléchis, fit un pas de côté, visa à nouveau sa tête et l'atteignit en pleine tempe. Tillie, assommée, demeura un instant debout, puis s'écroula comme un pilier de pierre. Elle était tombée face contre terre, et il dut sauter par-dessus ce monticule de chair. Se précipitant dans le couloir, il ouvrit la porte de l'autre chambre.

– XV –

La chambre était minuscule, guère plus grande qu'un placard. Ni tapis ni ameublement d'aucune sorte, sinon le lit étroit sur lequel était étendue la Chinoise. Dans la lumière avare provenant du couloir, il vit qu'on lui avait tiré les bras au-dessus de la tête pour lui attacher les poignets à la barre transversale.

Il chercha le commutateur, cligna des yeux dans la lumière soudaine. La jeune fille ignora totalement sa présence, inconsciente, les yeux fixés au plafond, la bouche grande ouverte. Des marques violettes parsemaient la chair tendre de ses bras, et à la base du cou, une meurtrissure plus sombre semblait avoir été faite par des tenailles.

Se penchant sur le lit, il détacha la courroie qui emprisonnait ses poignets, mais elle garda les bras étendus, comme s'ils étaient toujours attachés.

– Où sont vos vêtements ? demanda-t-il.

La jeune fille, dans un effort intense, tourna la tête vers lui :

– Allez-vous-en !

– Je suis venu vous chercher.

Il regarda sous le lit, sans y voir de vêtements.

– Laissez-moi tranquille, supplia la jeune fille. Je vous en prie...

Sa voix était lointaine, à peine audible. Lui parler maintenant ne servirait à rien. La seule chose à faire était de l'envelopper dans cette couverture et de l'emporter loin d'ici. Il disposa la couverture autour d'elle et la souleva dans ses bras.

– Non, dit-elle, je veux rester ici.

Ils étaient dans le couloir, il se dirigeait vers la cuisine.

– Je vous en prie, ramenez-moi dans la chambre. Je suis bien, dans le lit. C'est confortable.

Avec son fardeau, il traversa la cuisine, et gagna la ruelle par la porte de derrière.

– Vous n'avez pas le droit de m'emmener. J'appartiens à M. Hagen. Si loin que vous puissiez m'emmener, je m'enfuirai et je reviendrai avec M. Hagen. C'est à lui que j'appartiens, à personne d'autre. Il m'a promis de toujours s'occuper de moi, de m'acheter de beaux vêtements et de m'offrir des fleurs tous les jours.

Elle s'agitait nerveusement dans ses bras. Il la serra davantage, marchant aussi vite que le lui permettait son fardeau en direction de la Quatrième Rue, et se demandant ce qu'il allait bien pouvoir en faire...

Si tu l'emmènes à la police, ils la mettront sur la liste des cinglés, où alors ils la boucleront et s'empresseront de prévenir Hagen et de faire ce qu'il leur dira. D'ailleurs, je ne pourrai jamais rien prouver contre lui. Il s'est débarassé de Sam et de Pancho. Il ne risque rien.

La jeune fille tenta une fois de plus de lui échapper.

Tu ne peux même pas l'emmener chez son oncle, c'est là que Hagen viendra la chercher en premier lieu ! Ni chez la police, ni chez son oncle... Où vas-tu bien pouvoir la cacher ?

Se débattant, le frappant, la jeune fille réussit presque à rompre son étreinte.

– Restez tranquille, lui chuchota-t-il. J'essaie de vous aider.

– Mais vous m'enlevez à M. Hagen !

– Je l'espère bien.

– Mais je l'aime ! C'est avec lui que je veux rester !

– Calmez-vous. Essayez de vous détendre.

– Où allons-nous ? demanda soudain la jeune fille.

– Du diable si je le sais !

Il scruta l'obscurité de la ruelle, et reprit :

– Mais où que ce soit, nous y serons plus vite si vous cessez de vous débattre.

– Je vous déteste, vous êtes un sale type ! dit la jeune fille.

Elle parle comme un enfant chez le dentiste, comme un condamné à ses juges, comme un fou à ses gardiens, et elle sera peut-être bientôt dans une camisole de force, mais d'un autre côté il reste peut-être une faible chance de la sauver avant qu'elle ne se résigne à l'irréparable. Peut-être qu'un docteur s'occuperait d'elle, mais comment trouver un médecin à cette heure de la nuit ? Tu ferais mieux de réfléchir, et vite, à l'endroit où tu peux la mettre en sécurité.

C'est à cet instant qu'il avisa une fenêtre éclairée, la lumière tamisée qui filtrait à travers les volets clos de la cuisine de Bertha. Il percevait le brouhaha des voix en provenance des buveurs, des joueurs de poker. Il devait hâter le pas, avant de se faire surprendre par quelque ivrogne venu s'aérer les poumons, voire par Bertha elle-même, ouvrant la porte de service pour jeter des bouteilles vides à la poubelle. Dans cette maison, chaque individu était un ennemi en puissance; tous appartenaient à l'armée clandestine qui obéissait au code non-écrit de Ruxton Street, et que les énormes poings de Hagen se chargeaient de faire respecter. Ils obéissaient car tous avaient peur.

Il passait exactement sous la fenêtre éclairée. La jeune Chinoise se débattait de plus belle, et il devait se protéger contre ses coups. Il se refusait à la brutaliser : elle avait déjà eu plus que son compte de douleur...

De sorte qu'il s'arrêta là, devant la boîte à Bertha, se disant qu'il devrait ruser.

Tandis qu'il examinait la porte, la gargouille grimaçante s'éveilla, au fond de sa tête, et grinça : « Tu es le roi des cons ! Si tu frappes à cette porte, tu es un homme mort. Dès que Bertha va te voir, elle va te cracher à la figure ! »

Puis quelque chose étrangla la gargouille, dont la voix se tut soudain. A mesure qu'il approchait de la porte, il lui semblait que la porte venait à sa rencontre. Il lança un coup de pied dans le panneau de bois et cria :

– Ouvre-moi !

Bertha répliqua à travers la porte :

– Passe par devant.

La jeune Chinoise tentait de lui échapper, le frappait, le griffait. Il la serra plus étroitement contre lui, cogna de nouveau à la porte, appelant :

– Ce n'est pas un client ! Allez, ouvre vite !

– Qui est là ?

– Lawrence.

La porte s'ouvrit enfin. Sur le seuil, Bertha les regardait avec stupeur. Mais presque aussitôt, le visage neutre, elle avança au-dehors et ferma soigneusement la porte derrière elle. Elle regarda la Chinoise, puis Lawrence dit :

– Tu es devenu complètement cinglé.

Que répondre à cela ? La jeune fille le repoussait et gémissait :

– Ramenez-moi chez M. Hagen ! C'est lui que je veux voir !

– Elle est malade, fit Lawrence. Ils l'ont torturée.

– Je vois, dit Bertha en mordant sa lèvre inférieure.

– Elle était enfermée chez Tillie.

– Je sais... Tais-toi une minute, j'ai besoin de réfléchir.

Elle appuya une main sur son front. Lawrence garda le silence, la laissant clarifier ses idées. A ce stade des événements, il la mêlait à une affaire dans laquelle elle avait tout à perdre, y compris sa vie. Car si elle faisait un geste en sa faveur, elle viendrait en second sur la liste noire de Hagen. Ce qui signifiait avant tout le traitement complet à coups de poings, à moins que Hagen ne réserve aux femmes un sort différent, une mort plus lente ou plus rapide. Il se mit à souhaiter qu'elle dise non, je ne peux rien faire, emmène cette pauvre fille ailleurs.

Mais il ne restait plus beaucoup de temps, comme si l'on était attaché sur des rails et qu'on entende se rapprocher la locomotive. Il serra les dents, espérant que la jeune fille cesserait de s'agiter dans ses bras. Elle reprenait des forces nerveuses, émettait de petits cris furieux tout en essayant de rompre son étreinte. Il serra le poing, se demandant s'il ne valait pas mieux l'assommer un bon coup, mais il craignait de la tuer. Puis il entendit la voix de Bertha :

– D'accord, amène-la.

Il n'en crut pas ses oreilles, regarda Bertha avec perplexité.

– Dedans, au premier étage. Dépêche-toi !

Elle lui ouvrit la porte, et il entra dans la cuisine. Aussitôt, le brouhaha se tut, chaque ivrogne, chaque joueur fixant le paquet oblong enveloppé d'une couverture. Quand il passa entre les tables, il reconnut sa belle-famille vautrée au milieu des ivrognes, et entendit Paul demander :

– Qu'est-ce qu'il nous apporte là ?

Connie commenta d'une voix pâteuse :

– Il va me donner soif, ma parole !

Le vieux, lui, l'appela :

– Viens voir un peu ici, Chester. Qu'es-ce que c'est que cette fille ?

Mais il n'était pas entré pour faire la conversation. Il se dirigeait vers l'escalier, précédé par Bertha, et il réussit à atteindre l'étage malgré les soubresauts de la jeune fille. Sur le palier, la couverture glissa et tomba. Bertha ouvrit une porte :

– Là-dedans, vite.

Il s'empressa de déposer la jeune fille sur le lit. Aussitôt elle essaya de se lever, mais Bertha s'assit auprès d'elle et la retint. La Chinoise roulait des yeux épouvantés. Bertha lui parla très doucement, pour l'apaiser :

– Tout va bien, ma chérie. On va te sortir de là. Essaie de rester tranquille, détends-toi, mon petit.

Lawrence tournait le dos au lit, essayant d'allumer une cigarette. Il dit d'une voix essoufflée :

– Je ne savais pas où l'emmener. Il fallait trouver un endroit...

– Tu me raconteras ça plus tard; fit Bertha.

Puis ce fut le silence, un long moment pendant lequel les yeux de Bertha semblèrent chercher quelque chose. Puis sa voix jaillit, tranchante, précise :

– Le tiroir du haut de la commode. Apporte-moi le tonnerre et les éclairs.

Il obéit, et lui apporta la bouteille pleine de liquide incolore. Bertha la décapsula :

– Maintenant file dans la salle de bains, remplis la baignoire d'eau chaude.

Il obéit de façon automatique. De retour dans la chambre, il vit Bertha introduire le goulot de la bouteille entre les lèvres de la jeune fille, dont les yeux demeuraient clos, le corps totalement inerte à l'exception des muscles de sa gorge tandis qu'elle avalait l'alcool. Bertha dit :

– Si quelque chose peut la ramener à elle, ce sera cette saleté.

Il resta immobile, contemplant l'invraisemblable thérapie du tord-boyau de Hagen essayant de réparer les dommages provoqués par l'esprit tordu et les poings de Hagen, cependant que dans la salle de bains le robinet d'eau chaude rugissait et crachait dans la baignoire à pleine puissance.

– Pourquoi de l'eau chaude, et pas froide ? demanda-t-il.

– Un bain froid la tuerait. Son organisme ne résisterait pas au choc.

L'on entendit du bruit dans le couloir. D'une mimique impérative, Bertha fit signe à Lawrence de venir la remplacer, lui tendant la bouteille. Se levant, elle courut hors de la pièce et il l'entendit crier avec colère :

– Bande de loques, retournez en bas ! Vous n'avez rien à faire ici.

Des voix protestèrent, en un murmure incohérent. Puis, se détachant, l'on entendit la voix de Paul :

– Qu'est-ce qui se maquille ici ? Qu'est-ce que c'est que cette Chinetoque ?

– J'ai dit : en bas ! vociféra Bertha.

Mais Paul insista. Sa voix dégoulinait de Tokay.

– Non, mais, hé, j'ai le droit de savoir, moi !

– Tu as le droit de descendre ou je te fais dégringoler l'escalier, poivrot.

– Ça va, ça va !

Mais il ne lâcha pas pied aussi facilement :

– Ce mec est le mari de ma sœur, je te signale ! Et je vais dire à Edna qu'il est ici avec une pute, ce ne sera pas long !

Connie intervint :

– Laisse Edna en-dehors de ça, tu veux ?

Puis le vieux mit son grain de sel :

– Pour vous parler franchement, je suis stupéfait. J'avais toujours pris Chester pour un homme sérieux !

– C'est toujours ceux-là qui font les pires coups en-dessous ! déclara Paul. Mais moi, je vous jure que je vais prévenir Edna.

– Tu vas fermer ta gueule ! brailla Connie.

– C'est toi qui vas me la faire boucler ?

Leurs voix prenaient de l'ampleur, surmontées toutefois par l'ordre définitif de Bertha d'avoir à poursuivre leur engueulade ailleurs. Puis Bertha revint dans la chambre et lança, excédée :

– Ecoute-moi ça ! Ils se figurent que tu as amené cette gamine ici pour une partie de jambes en l'air.

La belle-famille continuait ses commentaires sur le palier, mais Lawrence ne les écoutait pas plus que des mouches bourdonnant autour d'un croûton de pain. Il planait à des lieues au-dessus de tout cela, au-dessus de tout ce qui de près ou de loin, avait un rapport quelconque avec la maison d'en face. Silencieusement, il implorait la jeune Chinoise de le regarder, de le reconnaître, de comprendre qu'en lui elle avait un ami. Il voulait qu'elle sache qu'elle n'était plus seule dans ce monde hostile dont tous les habitants étaient des monstres acharnés à sa perte ou des crétins ricanants. Mais elle gardait les yeux clos, obstinément, et la seule chose dont elle semblât consciente était le feu liquide qui pénétrait dans sa bouche, puis coulait loin en elle pour éteindre un autre feu.

Sur le palier, les voix faiblissaient. Bertha dit :

– Ça suffit avec cette bouteille. Essayons de l'asseoir.

Ils soulevèrent la jeune fille en position assise. Elle ouvrit les yeux comme si elle sortait d'un long sommeil, puis découvrit le goût de l'alcool dans sa bouche et grimaça. Elle demeura assise, passivement, sa tête entraînée en avant.

– Viens, ma chérie, dit Bertha. Tu te sentiras en pleine forme après un bon bain chaud.

Saisissant la jeune fille par le bras, elle l'aida à se lever, la guida dans la salle de bains. Lawrence s'assit sur le lit et alluma une nouvelle cigarette. Quelques instants plus tard, Bertha et la jeune fille sortirent de la salle de bains. La Chinoise portait le peignoir de bain de Bertha et ses longs cheveux mouillés formaient un serpent noir brillant sur le tissu éponge blanc. Elle semblait épuisée, mais marchait sans aide, et ses yeux exprimèrent une gratitude infinie quand Bertha lui dit d'ôter le peignoir et de se mettre au lit.

Quand elle fut bordée, ses yeux se fermèrent à nouveau et elle s'endormit.

– Tu crois qu'elle se remettra ? demanda Lawrence.

– Elle ira très bien, dit Bertha.

Puis elle ajouta, un ton en-dessous :

– Si nous arrivons à la garder quelque temps.

Il ne répliqua rien. Bertha lui lança un regard aigu :

– Tu sais que ce ne sera pas facile.

Il tira sur sa cigarette. Bertha reprit :

– Ces charognards, en bas, ils sont alléchés par ce qu'ils ont vu. Je ne leur donne pas longtemps pour additionner deux et deux. Ils travaillent presque tous pour Hagen, et ils savent qu'il planquait cette gamine chez Tillie. Peut-être qu'ils l'affranchissent en ce moment-même. On risque de le voir débarquer ici comme un taureau furieux.

Après réflexion, Lawrence murmura :

– Peut-être pas. Peut-être qu'il sait qu'il en a assez fait pour cette nuit...

Il lui raconta alors ce qui s'était passé chez Sam. Il décrivit la mort de Pancho, puis le voyage de la voiture verte pilotée par Hagen avec deux cadavres sur la banquette arrière.

Bertha regardait ses pieds.

– Il a dû les enterrer quelque part. Ou alors il les a coupés en morceaux et les a fourrés dans une chaudière. Il a déjà fait des trucs comme ça. Alors ne crois pas trop qu'il laissera tomber cette affaire. Il continuera de s'en occuper jusqu'à ce que tout soit réglé à son idée.

– Pas si nous l'en empêchons.

– Comment veux-tu ?

– On peut téléphoner.

Elle le regarda en-dessous :

– Qui tu veux appeler ? Les Marines ?

– La police. Même si ça me dégoûte, j'y serai bien obligé.

– Et tu leur diras quoi, aux flics ? Tu t'imagines que si tu leur demandes protection, ils vont venir en courant ? Tu oublies quel genre de flics nous avons dans cette ville ! Ils te protègent si tu les arroses ! Appelle-les, et tu verras rappliquer tous les copains de Hagen !

Il fut obligé de se rendre à l'évidence. Il murmura :

– Si seulement quelqu'un faisait respecter la loi ici...

– Eh bien, il se trouve que non. Il faut trouver autre chose.

– Quoi, par exemple ?

Elle haussa les épaules.

– J'ai quelques outils dans la cuisine. Un pic à glace, un couteau à pain, de la soude caustique...

Il souriait, et se demanda pourquoi.
– Et ici, qu'est-ce que tu as ?
Elle lui retourna son sourire amer :
– Une boîte d'épingles à chapeaux. Une lime à ongles. Une paire de ciseaux...
– Pas de mitraillettes ? Pas de bazookas ?
Bertha poussa un profond soupir. Elle s'apprêtait à dire quelque chose quand tout à coup ses yeux se dilatèrent et son dos se raidit. Un pas lourd faisait trembler l'escalier.
Courant hors de la pièce, Lawrence se pencha sur la cage et vit Matt Hagen.

– XVI –

Hagen essayait d'atteindre le sommet de l'escalier avant que Lawrence n'y parvienne. Le mastodonte bondissait de marche en marche comme un fauve affamé, son visage de pleine lune ciré de sueur et fendu en son milieu d'un rictus grotesque d'où émergeait sa langue flasque. Son regard était assoiffé de sang, une frénétique soif de sang. Il émettait des halètements rauques qui lui montaient des tripes. Il tendit les bras pour empoigner les mollets de Lawrence.

Lawrence recula juste à temps, dans un simulacre de fuite, puis revint très vite à l'attaque, expédiant un coup de pied qui atteignit Hagen en pleine figure. Les bras énormes battirent l'air, le cou épais craqua, le torse de barrique demeura totalement rigide alors que Hagen partait en vol plané. Mais à mi-étage, le gros homme réussit un rétablissement qui ralentit sa chute, s'accrocha à la rampe et seule sa hanche percuta le mur avec un bruit mou au lieu du craquement définitif qu'espérait Lawrence. Hagen dévala au ralenti le reste des marches, et resta assis au pied de l'escalier, menaçant du regard son adversaire, qui ôtait lentement son veston, déboutonnait son col de chemise et remontait ses manches.

Hagen lui fit signe de le rejoindre.

Lawrence commença de descendre, mais sentit deux mains sur ses épaules qui tentaient de le retenir, et entendit la voix de Bertha :

– Non, Chet, pour l'amour de Dieu...

– Fous-moi la paix.

Elle affermit sa prise.

– Espèce de sale con, tu vas te faire hacher en morceaux !

Se dégageant, il descendit une autre marche, mais elle s'accrocha à lui une fois de plus, le suppliant avec frénésie.

– Reviens dans la chambre. Saute par la fenêtre, sauve-toi par le toit...

– Lâche-moi.

Il pivota et lui flanqua un coup qui l'envoya en arrière sur le palier.

Il reprit sa descente d'un pas très lent, regardant Hagen qui se remettait sur pied, s'apprêtait à l'accueillir; regardant aussi les spectateurs qui s'étaient répandus dans le salon, les ivrognes, les flambeurs se groupant dans les angles morts d'où ils pourraient assister au spectacle en toute sécurité. D'ores et déjà, ils écartaient les fauteuils, emportaient la table dans le vestibule. En quelques secondes, l'élégant salon était devenu une arène. Maintenant ils s'agglutinaient le long des murs, et tous le regardaient sans autre sentiment qu'une tranquille expectative.

Mais alors qu'il continuait sa descente et les distinguait de plus près, il découvrit autre chose sur leurs visages : une joie méchante. Tous étaient membres d'un même clan, prêt à se débarrasser d'un traître. Il ne songeait plus à surveiller Hagen.

Il scrutait les visages des Ruxtoniens, ces gens qu'il connaissait depuis toujours. Ces mêmes visages qu'il avait découverts dans sa voiture d'enfant rangée devant une épicerie, parmi d'autres landaus où d'autres enfants lui adressaient des grimaces. Ces mêmes visages tachés de confiture pendant la récréation au jardin d'enfants, et ces mêmes visages luisants de crasse aux premiers jours du printemps, quand le moindre bâton devenait une batte et une boule de papier journal une balle. Il avait envie de leur demander : et maintenant, vous ne me connaissez plus ? Vous ne savez plus qui je suis ?

Mais il savait qu'il n'obtiendrait aucune réponse. Bien qu'il fût né ici, ait grandi ici, se soit battu ici sans relâche contre la saleté, la misère et les coups durs exactement comme eux, ils le considéraient tous comme un étranger, un usurpateur. Leurs yeux lui disaient qu'il allait recevoir exactement ce qu'il méritait pour s'être révolté, pour avoir tenté de les déposséder de leurs privilèges.

Le privilège de se laisser couler le plus bas possible. De prendre leur plaisir dans la merde. De lécher les bottes de Hagen, comme de n'importe quel autre trafiquant, gangster ou politicien pourri qui voudrait bien payer la police pour fermer les yeux, afin de permettre aux Ruxtoniens de bâtir leur propre enfer sur cette terre, l'espèce d'enfer qui leur faisait oublier leurs vêtements en loques, leurs maisons en ruine et leurs espoirs déçus.

Et pourtant, tandis qu'il descendait cet escalier interminable et sentait leur haine envers lui, il ne pouvait pas la leur rendre; il comprenait leur rancune. Eux n'étaient pas ses ennemis, mais les dupes du véritable ennemi. Les chefs qu'ils s'étaient choisis n'étaient que des suceurs de sang, qui les débauchaient les soirs de paye, pendant que chez eux, leurs enfants cherchaient en vain quelque nourriture dans le garde-manger. Pendant que les propriétaires, lassés des loyers en retard, laissaient s'écrouler les maisons jusqu'à ce qu'apparaisse la pancarte « démolition », et ce mot convenait aussi bien aux murs pourris qu'aux malheureux expulsés.

Des dupes, pensa-t-il. Ou des prisonniers. Ou des victimes. La Rue avait rempli son œuvre. Elle leur avait donné à croire que leur seul véritable ami s'appelait Hagen, et que l'unique menace était un soi-disant chevalier parti en croisade pour changer le monde.

L'un d'eux siffla :

– Vas-y, Hagen. Sors-lui les tripes !

– Casse-lui les reins ! caqueta une mégère. Mets-le en bouillie !

– Descends ce salopard !

– C'est ça ! Tue-le !

– Tue-le ! Tue-le !

Il ne restait plus que cinq marches avant le sol, sur lequel Hagen riait, et continuait à lui adresser des gestes provoquants.

– Descends, dit Hagen. Descends si tu es un homme.

Lawrence s'exhorta.

Mais il pensait : « c'est la fin, Chet. Tu ne sortiras pas d'ici vivant. »

Alors il sauta en avant.

Hagen éclata de rire, un rire qui se mua en gargouillement quand un poing l'atteignit à la base du menton. Lawrence recula, et Hagen entra en corps à corps, frappant comme à son habitude des deux poings à l'estomac. Lawrence opéra une esquive latérale, gagna le centre du salon à la recherche d'un objet quelconque qui lui servirait d'arme, mais ne trouva rien, et sentit un bloc de granit s'abattre sur sa tempe : le poing droit de Hagen. Quand Hagen s'approcha pour mettre fin au combat, Lawrence lança à l'aveuglette un crochet du gauche en demi-cercle, qui percuta la mâchoire de Hagen. Le mastodonte recula, perdit l'équilibre et tomba sur le côté. Lawrence voulut poursuivre son avantage, mais Hagen, se soulevant, lui entoura les genoux de ses bras et l'entraîna à terre. Ils roulèrent l'un sur l'autre à travers la pièce, Hagen s'efforçant de le clouer au sol en l'enfourchant, mais il enfonça un coude dans son ventre, et Hagen se mit à grogner, le souffle coupé, ce qui permit à Lawrence de lui échapper.

Il bondit sur ses pieds. Hagen l'imita beaucoup plus lentement. Lawrence se jeta sur lui, et, se souvenant que Hagen avait mal au foie, cogna des deux poings dans le périmètre sensible. Il compléta son attaque par une série de gauche-droite de plus en plus bas. Hagen, qui soufflait comme un phoque, tenta de se garder. Lawrence franchit sa garde, calcula avec soin sa trajectoire et lui catapulta un uppercut à la mâchoire suivi d'un direct court très violent, et Hagen s'effondra.

Hagen se retrouva à genoux, secouant la tête d'un air incrédule et cognant avec rage des deux poings sur le tapis.

Lawrence attendit. Il brûlait de revenir à l'attaque, mais il craignait que le combat ne se prolonge. Il ne pourrait surmonter très longtemps l'avantage de poids de son adversaire. Mais il savait bien que Hagen récupérait très vite, et qu'il allait faire appel à tous les trucs de professionnel qui avaient causé sensation dans les milieux pugilistiques dix ans plus tôt. En dépit de son foie délabré et de sa mauvaise graisse autour des hanches, il était resté la brute indomptable, le cogneur meurtrier dont les mains redoutables pouvaient fracturer un crâne d'un seul coup. Les élancements douloureux dans sa tempe disaient à Lawrence qu'il ne pourrait guère en encaisser davantage. Un coup, deux peut-être, et il tomberait K.O. Brusquement, une intense fatigue tomba sur lui... et il vit Hagen se relever.

Des voix pressaient Hagen d'en finir avec lui :

– Descends-le !

– Fracasse-lui la gueule !

– Vas-y, Hagen, finis-le !

Lawrence aurait voulu crier sa détresse, sa solitude. C'est alors qu'il aperçut Bertha, penchée sur la rampe de l'escalier, muette, le regardant intensément. Ses yeux semblaient vouloir lui insuffler des forces nouvelles.

Au moins, pensa-t-il, j'ai un supporter ici.

Puis il entendit des voix, lui révélant qu'il en avait plus d'un :

– Attaque, Chester ! Rentre-lui dedans ! criait Connie.

– Ton gauche, Chester ! criait le vieux. Dans la gueule ! Ton gauche, ton *gauche* !

Il expédia un jab du gauche, esquiva un crochet, cogna à nouveau, fit une esquive rotative, entra en corps à corps avec une averse de courts crochets qui tinrent son adversaire à distance.

– C'est ça ! approuva le vieux. Bien, ton gauche.

L'espace d'un instant, par-dessus l'épaule basse de Hagen, il vit le vieil homme et Connie. Tous deux s'étaient éloignés des autres spectateurs, se rangeant dans un clan antagoniste. Simultanément, il entendit la porte d'entrée s'ouvrir, mais ne put regarder qui entrait, car Hagen reprenait du poil de la bête et lui assénait une grêle de coups vicieux dans les côtes et le ventre. Une ceinture de feu encercla les reins de Lawrence, qui rentra en corps à corps. Puis lui parvint le cri qui le fit regarder vers l'entrée, où Edna hurlait, soutenue par Paul :

– Arrêtez ça ! Par pitié, quelqu'un, faites-les arrêter !

Furieuse, Connie frappa Paul sur la tête :

– Je t'avais dis de ne pas l'amener !

Paul était trop ivre pour manifester le moindre regret, et trop occupé à retenir Edna pour esquiver les coups que Connie lui assénait sur la tête, la nuque et les oreilles. Connie s'en prit au vieux :

– Ah, il est beau, ton fils ! Et malin ! Il a fallu qu'il aille la réveiller !

Puis elle reprit ses attaques sur Paul. L'empoignant par les cheveux, elle lui en arracha une poignée, ce qui l'obligea à lâcher Edna. Le vieil homme voulut saisir Edna, mais elle échappa à ses mains crochues et se lança dans l'arène; à ce moment, Hagen martelait Paul à l'estomac. Hurlante, Edna se précipita sur Hagen.

De l'escalier, Bertha lança un avertissement à Edna, mais trop tard. Juste au moment où les doigts d'Edna se refermaient sur l'avant-bras de Hagen, celui-ci se retourna contre elle avec un juron et lui administra en pleine figure un coup qui l'expédia à travers la pièce. Toutes les femmes présentes poussèrent un cri d'épouvante quand Edna heurta la rampe de l'escalier, qui rendit l'âme dans un craquement.

Lawrence se précipita vers l'escalier. Hagen le retint avec un ricanement rauque, le bloqua d'un direct sur l'oreille, puis s'apprêta à l'achever d'une droite meurtrière. Mais voilà que le vieillard lui lançait un lourd cendrier, tandis que Connie lui jetait un vase. D'autres se mirent à lancer tout ce qui leur tombait sous la main. Tous ces objets étaient destinés à Hagen, comme si tout à coup la foule venait de se réveiller d'un long sommeil. Les voix s'unirent pour une clameur de révolte, afin d'avertir Hagen qu'il venait de faire déborder le vase. Tout volait dans la pièce, chaises, tabourets, lampes, verres et bouteilles. Hagen exprima la stupeur, la colère, puis le dédain. Sa chair éclatait, et saignait sous l'impact des angles aigus et des objets contondants.

– Tuez-le ! criait Bertha. C'est du poison ! Il faut l'éliminer !

Empoignant l'un des montants brisés de la rampe, elle se pencha en avant et se mit à frapper Hagen. Les aiguilles vives du bois lui déchirèrent la joue et une partie du cou. Bien que la douleur fût atroce, Hagen demeura silencieux, les yeux écarquillés devant un spectacle qu'il n'aurait jamais cru possible. Il les voyait s'approcher de lui, ces visages qu'il avait toujours vus craintifs et obséquieux, maintenant convulsés d'une haine meurtrière. Puis il pivota et voulut courir en direction de la cuisine, mais s'écroula avant d'avoir pu atteindre la porte. Quand ses genoux heurtèrent le sol, tous l'empoignèrent. Ils le clouèrent au plancher, l'immobilisant tandis que Connie ouvrait le tiroir du haut buffet et en tirait le pic à glace. Et Paul, tout ivre qu'il fût, ne trembla pas en s'emparant du couteau à pain, tandis que son père cherchait quelque chose sur l'étagère supérieure.

La boîte de soude caustique.

Dans le salon, Lawrence et Bertha, penchés sur le canapé, examinaient Edna. Ils l'avaient transportée sur le canapé car il n'y avait pas d'autre endroit où la mettre, et rien d'autre à faire pour elle. Elle respirait spasmodiquement, les yeux révulsés. Puis progressivement, son regard s'éclaircit, et elle ouvrit grand la bouche pour aspirer une ultime bouffée d'air. Dès lors, tout fut fini.

– Oh, mon Dieu ! dit Lawrence.

Il reconnut à peine sa propre voix. Un brouhaha énorme provenait de la cuisine. Puis la rumeur s'apaisa peu à peu, se muant en un murmurre angoissé, semblable au bruit de la mer après une tempête.

Il vit ses beaux-parents revenir dans le salon, suivis d'une lente procession d'hommes et de femmes au visage exsangue. S'éloignant du canapé, il se dirigea en trébuchant vers le vestibule. Il voulait sortir d'ici. Il avait besoin d'air, ou simplement de regarder le ciel.

Il se retrouva sur le seuil, avec les premières grisailles de l'aube s'effilochant peu à peu devant ses yeux tandis que très haut, au-dessus des toits de Ruxton Street, la clarté du jour commençant faisait pâlir la lune.

Il entendit un bruit derrière lui. Se retournant, il vit Bertha.

Elle dit :

– Ils ont liquidé Hagen.

– Complètement ?

Bertha acquiesça.

– Ils l'ont coupé en morceaux. Il n'y aura presque rien à enterrer.

Il regarda le pavé gras :

– Tu as appelé la police ?

– Ouais.

Il demeura un instant silencieux, puis :

– Ils vont probablement fermer ta boîte. Tu vas te retrouver sans boulot.

– Non, dit-elle. Ils n'en auront pas l'occasion. J'en ai marre de ce boulot. Je vais vendre la baraque.

– Où iras-tu ?

Bertha haussa les épaules.

– Je trouverai bien une chambre quelque part.

– Dans le quartier ?

Ils se regardaient. De la gare de marchandises leur parvint le fracas d'un train en partance. Le coup de sifflet, le bruit des attelages, le grondement des roues sur les rails.

La musique du train était une invite. C'était comme une symphonie de cloches, de trompes et de cymbales provenant d'une lointaine salle de bal, harmonie tentante qui parlait d'un mois d'avril plus doux, très loin, à l'est, à l'ouest, n'importe où mais très loin de Ruxton Street. Et les lumières vertes et rouges des signaux disaient : « tu es resté assez longtemps dans le ruisseau, il est temps de t'en aller, et tu sais très bien que maintenant il n'y a plus rien qui puisse te retenir. »

C'est vrai, pensa-t-il. Ses obligations avaient pris fin. Son sentiment de culpabilité venait d'être effacé. Il n'avait plus qu'à faire ses bagages et à partir.

Il entendit Bertha qui disait :

– Bien sûr, je vais rester dans le quartier. Où pourrais-je vivre, ailleurs qu'ici ? J'appartiens à cette rue. J'y suis plantée pour toujours.

C'était dit avec calme. Pourtant, alors qu'il les écoutait, ces mots lui semblèrent dominer le vacarme du train en marche. Il savait qu'elle venait de parler en son nom aussi bien que pour elle.

Il secoue lentement la tête de haut en bas, et son regard emmena Bertha jusqu'à l'emplacement de sa future maison, lui disant qu'il n'y avait pas loin jusqu'à la maison d'en face.

IMPRESSION : BUSSIÈRE S.A., SAINT-AMAND (CHER). — N° 2563.
D.L. FÉVRIER. 1982/0099/56.

ISBN 2-501-00198-2

Imprimé en France